Chagrin

le

Ré Ó Laighléis

CLÓ MHAIGH EO

An Chéad Chló 1999
An Dara Cló 2002
© Ré Ó Laighléis

Ghnóthaigh an saothar seo duais i gcomórtais liteartha an Oireachtais, 1999

Aithníonn an t-údar tacaíocht na Comhairle Ealaíon i scríobh an tsaothair seo

ISBN 1899922 091

Clúdach: Raydesign, Gaillimh
Clóchur: Clódóirí Lurgan

Arna phriontáil ag:
Clódóirí Lurgan Teo., Indreabhán, Conamara, Co. na Gaillimhe.

Do mo chairde

Colmán Ó Raghallaigh agus Deirdre Davitt

– Beirt a bhronn mo mhisneach ar ais orm

Leis an Údar céanna

Punk agus Scéalta Eile
An Taistealaí
Ecstasy agus Scéalta Eile
Ciorcal Meiteamorfach
Sceoin sa Bhoireann
Gafa
Cluain Soineantachta
Aistear Intinne
Stríocaí ar Thóin Séabra

Terror on the Burren
Hooked
Ecstasy and Other Stories

Ecstasy e Altri Racconti

Chagrin

Caibidil a hAon

Fiacail fhrancaigh ag creimeadh cnámh na leise air an chéad chuimhne a bhí ag Andy Jennings. É sin agus torann tráchta, cé nárbh eol dó ag an am céard ba thrácht ann go fiú. An dá chuimhne go babhtálach ina intinn go minic ó shin, gan a fhios aige riamh cé acu de na tarlúintí a d'airigh sé ar dtús. É dhá bhliain agus aon mhí d'aois ag an am sin, más fíor an méid a dúradh leis roinnt blianta ina dhiaidh. Agus ansin an tríú cuimhne: fuaim an bhonnáin agus an t-otharcharr ag rásaíocht leis trí ghirle guairle na cathrach á bhreith go hOspidéal an Mater.

Sráid Dorset. É ina shuí ag an mbord foirne le linn an tsosa agus cuimhne ghleo úd an tráchta na blianta fada siar á sníomh féin le gluaireán na

7

cainte atá timpeall air i gCafé Clive. Leoithne dheatach na dtoitíní ag suirí lena pholláirí agus glór Chiara a ghriogann as an gcuimhne é.

"Aon bhlas den chraic san áit thíos aréir?" ar sí.

"Hmm?"

"Craic, a Andy. Aréir. Tigh Mc Hugh, tá a fhios agat."

"Shíl mé go raibh tusa éirithe as na toitíní," ar sé, nuair a thagann sé chun lán-aithne agus tuigeann go bhfuil Ciara tar éis bualadh fúithí díreach os a chomhair. Cuma an fhrustrachais uirthise nuair a chloiseann sí seo uaidh.

"A thuilleadh den tseanmóireacht!" ar sí.

"Ní hea. Níl ann ach gur shíl mé go ndúirt tú go raibh tú ag éirí astu agus anois, seo thú agus —"

"Ó, seo muid! Bhuel, gabh mo mhíle leithscéal. Ach, mar eolas duit, bhí inné ach níl inniu, agus chuile sheans nach mbeidh amárach ná lá ar bith eile ach an oiread - ceart go leor! Agus ná tosaigh isteach arís, in ainm dílis Dé, ar an liodán úd agat faoi iad a bheith go dona don tsláinte, mar tá a fhios agam an méid sin. Tá mé ar ais orthu agus sin sin. Agus ní haon ghnó duitse é ar chaoi ar bith."

Ciúnas eatarthu go ceann scaithimhín, eisean ag luí isteach arís ar na cuimhní úd agus ise ar buile léi

féin faoi a bheith chomh grod giorraisc leis is a bhí.
Teannas eatarthu le déanaí. É pléite acu go
mb'fhéidir nach é is fearr go mbeidís beirt ag obair
san áit chéanna agus iad ag siúl amach le chéile. É
go deas dóibh ar dtús - go hiontach, go deimhin -
ach, le tamaillín anuas, tá Andy á rá go n-airíonn sé
go gcuireann sé brú - air-sean, ar aon chaoi - iad a
bheith i gcomhluadar a chéile ar feadh an ama.

Bhí sise gortaithe nuair a luaigh sé an chéad
uair é ach, le déanaí, tá sí tosaithe ar cheapadh go
mb'fhéidir go bhfuil ciall sa mhéid a dúirt sé.

"Bhuel?" ar sí, boige ina glór nach raibh ann ó
chianaibhín.

"Bhuel, céard?"

Osna uaithise. "An raibh craic ar bith i dTigh
Mc Hugh aréir?"

"Cén chaoi craic?"

"Craic, a Andy, craic. Is cuimhin leat céard is
craic ann, nach cuimhin?"

"Cén sórt craice atá i gceist agat?"

"Ó buinneach air seo mar iarracht agus
buinneach ortsa leis," ar sí de phléasc, agus, d'aon
ghluaiseacht amháin, plabann sí a dá lámh anuas ar
chlár an bhoird, preabann ina seasamh agus imíonn
léi de sciúrd i dtreo na cistine. Leanann súile Andy

í, mire ghluaiseacht na gcos faoina sciorta dubh á samhlú aige nó go n-imíonn sí as radharc air isteach trí na doirse luascacha a dhéanann deighilt idir pobal agus sclábhaithe. É ar buile leis féin nár thug sé aird uirthi mar ba chóir. Agus buinneach na seacht mbuinneach déag air, a shíleann sé, agus a fhios aige nach gcuideoidh seo a dhath lena shocracht intinne.

"Andy, a bhuachaill," a chloiseann sé á radadh ag Clive leis. Féachann sé i dtreo an chuntair áit a bhfuil fear mór meigeallach ina sheasamh taobh thiar den scipéad airgid: Clive, fear a' tí. Cuma ápa air i gcónaí, síleann Andy. Díríonn Clive corrmhéar na deasóige leis an uaireadóir atá ar rosta na láimhe eile aige. "Tá tú thar an am, a bhuachaill," arsa úinéir na háite leis, agus díríonn a mhéar den dara huair ar aghaidh an uaireadóra. "Nílim od íoc as do thóinín beag Gaelach a phlabadh fút ansin ar feadh an lae, bíodh a fhios agat."

Stánann Andy sna súile ar mo dhuine. An lá ab fhearr riamh ní fhéadfaí a rá go raibh cion ar bith acu ar a chéile. A mhalairt ar fad atá fíor, go deimhin. Le ceithre mhí anuas tá Andy ag cur srian ar an bhfearg a airíonn sé le fear an chaifé toisc an cúpla punt a éiríonn leis a bhaint de ag deireadh

gach seachtain. Thairis sin, níl de ghaol eatarthu
ach go gcuireann siad suas lena chéile. Cuireann
Clive a dhá uilleann ar an gcuntar agus claonann i
dtreo an fhir óig.

"Nílim chun é a rá arís leat. Tá tú sé nóiméad
thar an —"

"Ní gá duit a dhath a rá arís liom, a
chocsmúitín de dhuine," arsa Andy, agus bogann sé
go sciobtha i dtreo an úinéara. De dheifir, baineann
sé de an naprún agus caitheann go borb ar chlár an
chuntair é. "Agus tig leat sin a shá in áit éigin a
gcuirfeadh sé as duit, a Chlive, a bhuachaill, mar ní
bheidh mise ag baint úsáide as arís."

5.17 pm tráthnóna. Droim Andy leis an
doras agus é ina shuí ag an mbeár i dTigh Mc
Hugh. Aniar aduaidh a thagann sí air nuair a
shleamhnaíonn Ciara a lámh fána ghualainn agus
pógann ar an leathleiceann é. Suíonn sí in airde
ar an stól atá taobh leis, claonann chuige agus
labhraíonn leis de chogar. "Is aoibhinn liom
thú."

Casann Andy chuici, ceadaíonn don
miongháire leathnú ar a bhéal, ansin casann uaithi
arís agus breathnaíonn ar an ngloine atá os a
chomhair amach.

"Deoch uait?" ar sé.

"Beidh Coke agam."

"Dhá Choke eile, le do thoil, a Bharney," arsa Andy, agus casann sé i dtreo Chiara athuair. "Ar chuala tú faoinar tharla?"

"Chuala."

"Brón orm," arsa Andy.

"Brón ort! Bhuel, ná bíodh ná blas de. Shíl dream na cistine istigh go raibh sé thar am ag duine éigin dúshlán an bhodaigh sin Clive a thabhairt. Síleann sé nach mún a dhéanann sé nuair a scaoileann sé cnaipe ach *eau de Cologne*."

Gáire uathu beirt, ansin pógann siad a chéile agus díbrítear gach rian den teannas a bhí eatarthu ar ball.

"Dhá phunt seasca," arsa Barney, agus aird na beirte ar a chéile á toircheadh aige. Íoctar é agus bogann siad leo go dtí ceann de na cuaisíní, áit a bhfuil príobháideachas acu.

"Tá súil agam nach i ngeall ormsa gur thug tú faoi Chlive," ar sí.

"Ní hea, ní hea, cé go bhféadfainn déanamh gan easaontas a bheith eadrainne."

"'Brón orm," agus breathnaíonn Ciara suas faoi na malaí air.

Fáisceann Andy a ciotóg, ansin déanann cúl a láimhe a chuimilt lena ordóg.

"Ná bíodh. Níl fáth ar bith agatsa a bheith ag glacadh leithscéil liom faoi seo. 'Sé an sean-chrá croí arís é."

"Do mháthair?"

"Sea. Céard eile ach í! Más ann di ar chor ar bith."

"Ní raibh aon toradh ar an bhfiosrú, más ea?"

"Ní raibh ná toradh. Seachas an toradh a bhí ar chuile fhiosrú eile go dtí seo."

Ise a dhéanann a lámhsa a fháscadh an babhta seo. "Coinnigh do mhisneach, a chroí. Féach mise agus mar a fuair mé amach faoi mo thuismitheoirí."

"Sea, ach bhí buntáistí agatsa nach mbaineann le mo chás-sa. Agus, go fiú, cé gur básaithe atá do chuidse, tá a fhios agat, ar a laghad, cá bhfuil siad. Níl tú fágtha in umar an aineolais mar atáimse. Samhlaigh mar a bheadh murach an bráisléad beag airgid úd a bheith orm nuair a thánagthas orm. Ní bheadh a fhios agam go fiú gur Andriú a bhí orm. Agus maidir le sloinne, bhuel, sin scéal eile fós. Céard a thabharfainnse orm féin murach gur thug na Bráithre Críostaí Jennings orm, huth?"

Fáisceadh eile uaithise.

"Agus, féach tusa, a Chiara, tá Sorcha agus Mick agatsa i gcónaí. Ní hionann ár ndá chás ar chor ar bith."

Bhí a fhios ag Ciara go raibh sí beannaithe gur tógadh ar altramas í 's gan í ach trí mhí d'aois. Níorbh eol di aon Mham ná Daid eile ach Sorcha agus Mick. Togha na tógála, togha na scolaíochta agus grá thar cuimse a thug siad di. Go fiú nuair a d'insíodar di faoina bunús, níor airigh sí riamh ach gurbh iadsan a máthair agus a hathair. Gach cúram glactha acu agus iad á insint di agus í in aois a cheathair déag. Ba pháiste aonair í, a dúirt siad léi. Dóiteán tí, 's gan ise ach an deich lá d'aois. Loscadh loiscneach nár tháinig slán as ach Ciara féin. A fhios ag Sorcha agus Mick cá raibh a tuismitheoirí dúchais curtha agus iad lán-toilteanach í a thabhairt chun na huaighe. Cumha, ar ndóigh, a tháinig uirthi nuair a chonaic sí leac na huaighe ar dtús, ach ina dhiaidh sin sásamh. Sásamh go raibh a fhios aici cé ar díobh í agus sásamh faoi mar do chuir seo leis an ngrá iontach a bhí aici ar Shorcha agus Mhick cheana féin.

"Ní hionann, ar ndóigh, a stór," ar sí, "ach ní fios cén t-eolas a thiocfaidh tú air in imeacht ama. Ná caill do mhisneach."

"Misneach!"

Ciara ar a hairdeall ina cuid cainte. Í ar a dícheall gan chur le drochaoibh Andy ar bhealach ar bith. "An ngabhfaidh tú ar ais, meas tú?"

"Ar ais! Go háit Chlive, an ea? Ní rachaidh ná baol air. Drúthlann d'áit agus mo dhuine féin ar aon dul leis."

"'S céard a dhéanfaidh tú, más ea?"

"Níl a fhios agam. Seans go nglacfaidh mé leis na huaireanta sin i mbialann an choláiste. Níl ann ach inné féin go ndúirt Marc liom go bhfuil an folúntas ann i gcónaí," ar sé, agus é ag tagairt dá chomrádaí a bhí i mbun staidéir na Matamaitice sa choláiste. "Agus níl mórán de dhifríocht idir é agus an poll eile ó thaobh pá de." Cuma níos dearfaí ar Andy agus sin á rá aige.

"É sin agus ba ghaire é an t-aistear trasna na cathrach ort le haghaidh léachtaí chomh maith," arsa Ciara. Í ag iarraidh cur le dearcadh úr dearfach Andy.

"Ceart agat. Sin é a dhéanfaidh mé."

"Agus ní bheimid sa mhullach ar a chéile ar feadh an ama i rith an lae oibre," ar sí, agus cuireann sí aoibh dhearóil uirthi, mar dhea. Breathnaíonn Andy go ceanúil uirthi. Tá a fhios aige nach mbeadh go fiú leath an mhéid fiosrúcháin déanta aige murach í. É gar don bhliain ó thosaigh siad ag siúl amach le chéile 's gan insint ag Andy ar an bhfeabhas agus an oscailteacht atá tagtha air ó shin. Brúnn sé a dhá uilleann anuas ar bharr an bhoird, claonann ina treo agus pógann í.

"Is aoibhinn..." arsa an bheirt acu den ala céanna.

"Jinx!" arsa Ciara. Briseann an gáire orthu beirt agus pógann siad a chéile athuair.

"Seo, seo, bailimis linn," arsa Andy.

Caibidil a Dó

"Andy! Andy!"

Seacht nó ocht mbéic ligthe ag Ciara leis ag an bpointe seo agus leathshúil aici ar feadh an ama ar fheairín beag dearg sholas na gcoisithe. Trácht na cathrach ag déanamh dada dá hiarrachtaí ar aird Andy a tharraingt uirthi. Eisean ag bacadaíl leis i dtreo Shráid Westmoreland agus é á shníomhadh féin go healaíonta tré dhrong na cathrach. Leathann gáire ar bhéal Chiara nuair a chuimhníonn sí ar an uair a dúirt Andy féin faoina bhacadradh nach dtabharfaí faoi deara ar chor ar bith é dá mbeadh sé de scil aige sa tsiúlóid leathchos amháin a choinneáil ar an gcosán agus an leathchos eile a bheith ar an mbóthar. Mar scig-mhagadh a dúirt sé sin ach bhí greann na físe caillte ar Mharc a bhí in aon chomhluadar leo ag an am...

"Ach ní oibreodh sin ach san uair a mbeifeá ag dul i dtreo amháin. Dá gcasfá thart chun dul sa treo eile, nach..." arsa Marc, agus stop sé sa chaint nuair a chonaic sé Ciara agus Andy ag stánadh air. "Á, glacaim leis nach raibh tú dáiríre nuair a dúirt tú an méid sin," ar sé, agus bhrúigh sé na spéaclóirí beaga rabhnáilte siar ar a shrón. Bhris an gáire ar an mbeirt eile, a fhios acu go maith go raibh intinn an mhatamaiticeora ag feidhmiú go fiabhrasach i gcloigeann Mhairc.

"And-" ar sí de leathbhéic, agus cuireann athrú dhath an fhirín dheirg srian ar an scairt. Trasna na sráide léi de ruathar agus déanann sí caoldíreach i ndiaidh an fhir óig. Moillíonn sí agus í ag druidim leis, réitíonn idir mhéar 'gus ordóg agus baineann líomóg bhreá as leathmhás na tóna air.

"Ó, a bhitseach!" ar sé, agus casann sé de gheit. A luaithe agus a fheiceann sé gurb í Ciara atá ann scairteann sé amach ag gáire. "A Chríost, chuir tú an croí trasna ionam." Í féin ag gáire anois, a cloigeann á chaitheamh siar aici le teann ríméid. Dathúlacht a héadain á fógairt aici san ngluaiseacht sin i nganfhios di féin. Ar thibhrí a dá leiceann a luíonn súile Andy agus é ag breathnú uirthi. Is cuimhin leis mar a shíl sé na tibhrí céanna sin a bheith mealltach an chéad uair riamh a chonaic sé í: eisean i mbliain na hArdteistiméireachta ag an am, ise sa chúigiú bliain. Gan de cheangal acu lena chéile ach go raibh aithne acu beirt ar Dheirdre Lenski agus gur thug sise cuireadh dóibh teacht chuig cóisir chun a hochtú breithlae déag a cheiliúradh. Andy ag dul le fonn leis an gcuimhne sin anois nuair a ghearrann caint Chiara isteach ar an smaoineamh...

"Bhí a fhios agam go mbeifeá ag fágáil an choláiste thart ar an am seo," ar sí.

"Hmm?"

"Bhí a fhios agam go mbeadh do sheal sa chistin thart ag a trí. An raibh aon léachtaí agat ar maidin?"

"Léacht! Muise, bhí, más léacht is ceart a thabhairt air. Socheolaíocht. Mo dhuine ansin ag cur de faoi theoiricí coinbhliochta Karl Marx agus faoi mar nach bhfeileann siad don sochaí ar chor ar bith ó tá páirtithe na heite clé tar éis druidim i dtreo an láir le blianta beaga anuas. Agus faoi mar nach... Seo, seo!" arsa Andy, agus dul a chuid cainte á bhriseadh aige. Anois díreach a ritheann sé leis go bhfuil sé neamhghnách dó Ciara a fheiceáil ag an tráth seo den lá ó d'éirigh sé as an bpost i gCafé Chlive, tá seacht seachtainí ó shin, "céard tá á dhéanamh agatsa anseo i lár an tráthnóna?"

"Briseadh agam ó áit Chlive agus shíl mé buaileadh i dtreo an láir ar an tseans go mbeifeá thart. Am agat do chupán caifé?" ar sí.

"Cé tá ag ceannach?"

"Cé eile ach *moi même* féin amháin," arsa Ciara, agus fianaise a saibhris á léiriú aici trí nóta cúig phunt a ardú os comhair shúile Andy.

"Tá go maith, a bhean uasail," arsa Andy, agus gothaí galánta á gcur air féin aige, "glacaim le do chuireadh," agus déanann sé cuirtéis ridiriúil léi. Iad beirt ag gáire arís agus iad ag déanamh i dtreo Tigh Bhewley, ise agus leathlámh léi sínte thar a choimse agus eisean ag bacadaíl leis mar a bhí ar ball beag.

Tigh Bhewley. Andy ina shuí i gceann de chuaisíní na háite agus é ag breathnú uaidh ar Chiara atá sa scuaine ag an scipéad airgid. Tibhrí éadan Chiara chun a chuimhne arís. Í chomh dathúil sin is go ndéanann sé iontas de i gcónaí go mbacfadh sí le duine mar é. É deacair air, agus é ag féachaint uirthi, a chreidiúint nach bhfuil sí ach seacht mbliana déag fós. Shílfeá gur bean scór bliain í ar a laghad, í ard fionn gormshúileach agus bealach an-fhásta lena nósmhaireacht. An ardteist roimpi arís i mbliana - í á glacadh den dara huair, toisc nár éirigh chomh hiontach sin léi an chéad bhabhta. Agus, ina dhiaidh sin, cá bhfios?

Caint ag Ciara ó am go chéile faoi dhul ag taistil thar lear ar feadh bliana ina dhiaidh, agus ar uaireanta eile faoi chúrsa céime san Eolaíocht Shóisialta a ghlacadh i mBelfield. Ar ndóigh, is ag taobhú leis an dara rogha a bhíonn Andy ar feadh an ama, ach tá sé de chiall aige gan ró-bhrú a chur uirthi ceann amháin a dhéanamh thar an gceann eile. Go deimhin, nár ghlac sé féin bliain i Sasana ag obair ar na láithreáin thógála i ndiaidh na hArdteiste. Murach an t-airgead a d'éirigh leis a dhéanamh in imeacht na bliana sin ní bheadh sé riamh ar a chumas dul i bhfoisceacht scread asail den ollscoil. Air sin agus an deontas atá sé ag maireachtáil, agus, ar ndóigh, an beagán a shaothraíonn sé go páirtaimseartha.

É deacair ar Andy ag an bpointe seo a cheapadh nach mbeadh Ciara ina dlúthchuid dá shaol go ceann i bhfad. Is rímhaith is cuimhin leis mar a chuaigh sé dian air gan í a fheiceáil go rialta le linn na bliana i Sasana dó. Corr-dheireadh seachtaine a d'éirigh leis an bád anall a ghlacadh chun í a fheiceáil. Go deimhin, le déanaí tá Andy ag aireachtáil gur grá domhain atá aige di agus airíonn sé, ón gcaoi a chaitheann sise leis gurb amhlaidh aicise é maidir leis féin chomh maith. Ach an aois atá acu, sin é a chuireann srian air ceist na ró-dháiríreachta a ardú léi.

"Cé acu ab áil leat, an eclair nó an slisín uachtair?" arsa Ciara agus an tráidire á chur ar an mbord aici.

"Do rogha féin," ar sé, a fhios aige gurb é an eclair is fearr léise.

"Dhá lá eile agus tá mé réidh leis, buíochas mór le Dia. Tá mé tinn de bheith ag caitheamh gach lá saor ann. Samhlaigh saoire an mheántéarma ina hiomláine a chaitheamh ann ag obair."

"Clive, an ea? Agus, ba shin tú i ndiaidh na Nollag ag ceapadh nach dtiocfadh an briseadh meántéarmach riamh. Féach anois tú - deireadh Feabhra 's gan ach trí mhí le dul go dtí an Ardteist."

"Ó ná luaigh sin, in ainm dílis Dé, a Andy. Is ag iarraidh é a choinneáil as mo intinn atá mé go dtí an Luan seo chugainn."

"Toradh na mbréag-scrúduithe, an ea?"

"Céard eile ach é," ar sí.

"Mar sin féin, nach fearr i bhfad é an ráithe den dian-staidéar ná a bheith ag obair don bhrocachán úd?"

"Mmm," ar sí.

"Déanaimse iontas de gur fhan tú ann chomh fada sin, a Chiara."

"Sea, bhuel, ní raibh ann, dáiríre, ach laethanta

saoire agus deireadh seachtainí. Ar chaoi ar bith, bheadh sé deacair orm é a fhágáil tar éis do mo Mham an post a fháil dom."

"Ó sea, ar ndóigh. Bhí dearmad déanta agam de sin. Cén chaoi a bhfuil aithne aicise ar an mbuinneachán ar aon nós?"

"Clive! Níl a fhios agam go baileach. Aithne éigin siar na blianta nuair a bhí siad ina ndéagóirí, is cosúil. As lár na cathrach dóibh beirt ó thús, is dóigh liom."

"Huth, ísliú céime do chathair ar bith é go dtiocfadh bastard mar eisean as."

"Arae, níl sé chomh holc sin ar uaireanta, is dócha."

"Ar uaireanta!" arsa Andy, "caithfidh go bhfuair mise é ar na huaireanta eile i gcónaí, más ea," agus ardaíonn sé mala na súile clé, nós a thuigeann Ciara a bheith ina chomhartha dímheasa.

Nóiméad ciúnais eatarthu - Ciara míshásta, ar bhealach, le diúltachas Andy agus eisean ar buile leis féin go ligeann sé go fiú don smaoineamh ar Chlive cur isteach air.

"Aon toradh ar an bhfiosrú is déanaí?" ar sí, a fhios aici le seachtain anuas nó mar sin go raibh líne nua fiosrúcháin á leanacht ag Andy le háisíneacht chúnta a bhí ag breathnú isteach i gcásanna daoine a tógadh ar altramas nó in institiúidí siar na blianta.

Cathú air an freagra diúltach a thabhairt, ach tuigeann sé gur tionchar iarsmach ar an gcaint faoi Chlive a chuireann an fonn sin air. Coinníonn sé guaim air féin. "Seans gur féidir leo cuidiú," ar sé. "Iadsan a chuidigh le cuid de na daoine a bhí ina ndílleachtaí i gClochar an Gheata Órgá - tá a fhios agat, é sin in Inse Cóir. Is cosúil go bhfuil comhaid réimsiúla cruthaithe acu ó bhris an scéal úd dornán de bhlianta ó shin faoin gcruáil le páistí ann siar sna caogadaí agus sna seascadaí."

"Agus an é go gceapann siad go raibh do mháthairse ansin ag pointe éigin?"

"Bhuel, níl a fhios acu, a Chiara. Cuireann siad fainic ort gan éirí ró-dhóchasach faoi na nithe seo. Glacann siad na sonraí agus déanann siad iarracht tríd an greasán atá acu féin ar shnáthanna éagsúla an cháis a tharraingt le chéile."

"Iontach, a Andy."

"Tóg go bog é, tóg go bog é. I nócha cúig fán gcéad de chásanna ní éiríonn leo, is cosúil."

"Bhuel, b'fhéidir go mbeidh tusa i measc an chúig fán gcéad eile - cá bhfios!"

"Cá bhfios, go deimhin!"

"Tá súil agam é, mar ba bhreá liom tú a thabhairt abhaile chun casadh ar Mham agus Daid."

Ní he nár iarr Ciara chun an tí é - d'iarr agus míle uair - agus tá Mick agus Sorcha féin ag fiafraí díse ar feadh an ama cén uair a mbeadh Andy ag teacht ar cuairt. Tá Ciara tuirseach de bheith ag cumadh leithscéalta á rá ar ócáid amháin go bhfuil sé uafásach cúthaileach nó, am éigin eile, go bhfuil sé an-ghafa le cúrsaí staidéir, agus a fhios ag Dia féin an iliomad eile leithscéalta atá cumtha aici agus gach ceann díobh níos seafóidí ná a chéile. Ba chuma ach, thar beirt ar bith eile ar domhan thuigfidís sin dó dá mbeadh a fhios acu an cás ina raibh sé. Nár thóg siad ise agus í ina dílleachta! Ach, ar bhealach, nuair a chuimhníonn sí ar an gceist, tuigeann sí mar a luíonn sé chomh trom sin air gur bacachán é agus go bhfuil sin cuid mhaith taobh thiar den chúthaileacht. Tuigeann sí mar a ghoilleann sé air i gcónaí gurbh é *An Phreab* an leasainm a thug duine de na bráithre air san institiúid inár tógadh é. Na blianta den drochíde sin fulaingthe aige. É sin ina cuimhne dhoscriosta greanta ar a inchinn. Mar sin, ba rud mór ar fad ag Andy ó thús é nach luafaí aon ghné dá chúlra le Mick agus Sorcha nó go bhfaigheadh sé féin amach faoina bhunús agus faoi cé ar díobh é.

"Seans go dtiocfaidh rud as an iarracht seo agus má thagann, b'fhéidir go mbeidh sé níos éasca dom aghaidh a thabhairt orthu," ar sé.

'Aghaidh a thabhairt orthu' a shíleann Ciara di féin. Cuireann, go fiú, foclaíocht Andy as di agus sin á rá aige. Ach arís, tuigeann sí dó ar bhealach áirithe. Bhí an t-ádh léise lenar tharla ina cás féin. Ní raibh gá ar bith aicise dul ag tochailt agus ag fiosrú, glaoch air seo agus air siúd 's gan ann ar deireadh ar feadh an ama ach an díomá i ndiaidh dhíomá a fhulaingt.

"Beidh toradh air ar deireadh," ar sí, "tá a fhios agam go mbeidh," agus fáisceann sí a chiotóg. "A Chríost!" ar sí ansin nuair a fheiceann sí uaireadóir na ciotóige air, "fiche cúig tar éis a trí! Caithfidh mé a bheith ar ais i dTigh Chlive ar a leathuair tar éis.

"Seo seo, siúlfaidh mé leat píosa den tslí," ar sé, iad beirt ag éirí de na cathaoireacha agus blogam deiridh an chaifé á chaitheamh siar ag Andy. De cheal smaoinimh, agus ceist an bhacadraidh úr ina h-intinn, is beag nach ndeireann sí gur tapúla a bheidh sí ina haonar, ach beireann a hinchinn ar a béal in am tráth.

Caibidil a Trí

"As an leaba sin, a Phreab, amach leat, a bhastairdín bhig-ó." I gcúlra an fhochoinsiasa tá tormán an mhaide á rith trí bharraí miotalacha frámaí na leapacha ag cothú clampair ina chloigeann istigh. Corraíonn sé go fraochta sa leaba, é ag brath go bhfuil sé ina dhúiseacht ach, ag an am céanna, ag aireachtáil bac éigin ar an ngluaiseacht, mar a bheadh sé faoi cheangal i nead damháin alla nó mar a bheadh slabhraí á shrianú. Allas ar a bhaithis, allas ar a ghéaga, allas ar an uile chearn dá chorp.

"Amach. Amach leat go beo, a chollaichín," a chloiseann sé agus, leis sin, airíonn sé an braillín uachtair á h-ardú agus tagann strapa leathair an Bhráthar anuas ar ghoin na leise air. Scréachann sé le teann péine agus crapann agus cúbann. Arraing á cúrsáil tré'n uile bhall dá chorp thar mar a d'airigh sé riamh cheana ina shaol; thar mar a shamhlaigh sé go bhféadfadh sé a aireachtáil. Aghaidh an Bhráthar Gerardus os a chionn ag féachaint go mioscaiseach anuas air, fiacla buidhe aimhréidhe agus súile bolgacha an fhir á léiriú féin dó d'ainneoin dorchadas an tsuanleasa fhairsing.

"Amach as ar an bpointe, a leisceoirín lofa, nó tarraingeoidh mé an dara buille ort," a scairteann an Bráthair, agus, cé go bhfuil Andy ar a dhícheall éirí aníos den leaba, buailtear den dara huair ar aon nós é, lom díreach ar chréacht na leise. Scread choscrach fhíochmhar uaidh an babhta seo agus pian bhroidearnúil á tiomáint trína cholainn. Leis sin, aníos leis de phlimp ina shuí caoldíreach sa leaba, a dhroim á bhrú go láidir in aghaidh an chláir chinn, an t-allas á shileadh uaidh go fras agus é ag iarraidh breith ar luas a anála féin i dtoirnéis an duibheagáin. Éadan Gerardus ar a aghaidh amach i ndorchadas an tseomra ar feadh soicind nó dhó agus ansin ní hann dó ar chor ar bith.

Suíonn sé ar aghaidh rud beag. An saothar anála á cheansú féin anois agus súile Andy ag dul i dtaithí ar dhoircheacht na timpeallachta. Síneann sé a chiotóg i dtreo an chóifrín atá in aice leis an leaba, aimsíonn lasc an lampa agus, de chasadh, scairdeann solas ar fud an tseomra leapan. Buíochas mór le Dia! Ina árasán féin atá sé, i bhfad ó dhílleachtlann a óige, i bhfad ó bharbarthacht Gerardus.

Ní hé gur rud nua dó é an tromluí úd - é aige ó am go chéile cheana - ach, le déanaí, ó thosaigh sé ag díriú ar an tréaniarracht chun teacht ar a mháthair, is minice ná riamh chuige é. Brúnn sé é féin siar in aghaidh chláir chinn na leapa athuair agus déanann a shúile a chuimilt go tréan chun a dheimhniú dó féin nach i ndomhan na samhlaíochta atá sé. Síneann sé lámh isteach faoin éadach leapa agus airíonn an paiste ar a leis, áit a rinneadh nodú craicinn air na blianta fada siar. Cromann sé ar aghaidh, ardaíonn an braillín agus breathnaíonn ar an rian mar chinntiú ar an ndeimhniú gur ag brionglóideach a bhí sé. É gránna mar fheic, dar leis - an rian céanna - d'ainneoin taithí na mblianta a bheith aige air.

Ar an ndílleachtlann a chasann a smaointe anois. Faraor gurb é Gerardus a thagann chun a chuimhne thar éinne eile ann. Ba chuma ach ba é sin an t-aon duine de lucht riaracháin na háite a bhí ar an dul sin. Fear ceannais an tí i dtús tréimhse Andy ann - An Bráthair André, Muimhneach ach an oiread le fear an tslait - ba dhuine caoin uasal cineálta é. Andy deich mbliana d'aois nuair a d'imigh an fear sin as ach, má d'imigh, tháinig duine breá eile ina áit: An Bráthair Uinsionn. Ach, d'ainneoin breáthacht na beirte, ba bheag a rinne siad chun srian a chur ar Gerardus. Cuimhne shoiléir ag Andy ar an gcéad uair a chuaigh sé chun cainte le hAndré faoin fhadhb. Nó an chéad uair ar glaodh chun na hoifige é, ba chirte a rá. Imní thar aon ní eile a bhí ar cheannasaí na hinstitiúide. Gan a fhios ag an bpáiste cén chaoi a dtabharfadh sé faoin insint nuair a thuig sé gurbh é sin ba bhunús lena thabhairt ann. André séimh leis, tuisceanach, ag iarraidh é a mhealladh chun cainte, chun a cheart a thabhairt dó. Ach ba bheag an mhaith é sin nuair nach ndearna sé dada faoin gcruálacht ar deireadh.

"Tá trioblóidí ar an bhfear bocht, an dtuigeann tu?" arsa André leis an bpáiste, amhail is dá mba leithscéal dlisteanach de chineál éigin é sin. Nach faoi thrioblóid a bheith á cur ag fear na dtrioblóidí ar dhaoine eile a tugadh Andy go hoifig an cheannasaí. É ag súil leis go ndéanfaí rud éigin chun an bharbarthacht a stopadh. Cur amú ama dó é a bheith ann ar chor ar bith.

Agus Uinsionn, nuair a chuaigh Andy chuigese trí bliana ina dhiaidh sin arís: "Muise, an créatúr," arsa an fear nua faoi Gerardus, "tá an fear bocht cráite. Tá deacrachtaí aige, a mhac, deacrachtaí de chineál nach dtuigeann tusa ná mise ná mórán daoine eile. Abair paidir ar a shon, a Andy, agus, le

cúnamh Dé, beidh an uile ní ina cheart." Ba bheag
an mhaith d'Andy iad na paidreacha astu féin sa
chás ina raibh sé. Agus maidir le bheith á rá ar son
Gerardus!

Trí bliana eile a chuir Andy de san áit agus ba
mhinic buíoch de Dhia é gur tháinig maolú éigin ar
an mbualadh sna blianta deireanacha ann dó. Ach
b'fhada leis teacht an tséiú bhreithlae déag úd a
scaoilfeadh as an mbraighdeanas é.

Má bhí aon bhuntáiste amháin ag baint leis an
ndílleachtlann, áfach, ba é gur cuireadh ar scoil é.
Cé gur in Aibreán na bliana deiridh sin a d'fhág sé
an institiúid féin, ba mhór mar a chuaigh Uinsionn
i bhfeiliúint dó tré tathaint ar phríomhoide na
meánscoile ligean dó an dá mhí eile a chaitheamh
ann agus ardteist a ghlacadh. Ba mhaith ar fad mar
a sheas na honóracha éagsúla dó ó shin agus
caighdeán na dtorthaí i gcoitinne a bhain sé sa
scrúdú céanna.

An t-aon teagmháil a bhí aige le Gerardus ó shin
- más teagmháil é - ab ea go bhfaca sé uaidh é lá i
Siopa Veritas i Sráid an Iarla Thuaidh. Cráifeachán
de dhuine, sáite suite i rannóg na leabhar
déolaíochta. Cathú ar Andy ar dtús tabhairt faoin
bhfear agus íde na muice a thabhairt dó as a raibh

déanta aige ar pháistí in imeacht na mblianta, ach bheartaigh sé ansin gan dul gar dó. Ró-chreidiúint don fhear é go fiú labhairt leis. An rud is íorónta ar fad faoin scéal is ea go bhfuil sé cloiste ag Andy le déanaí go bhfuil doirse na dílleachtlainne céanna druidte agus go bhfuil Gerardus ceaptha ina threoraí spioradálta de chineál éigin don ord.

Sracfhéachaint ar an gclog taistil. 6.44 a.m. Lámh an aláraim primeáilte le haghaidh ceathrú tar éis a seacht. Is ar éigean is fiú dó dul a chodladh arís. Go deimhin, dá dtoileodh sé sin féin a dhéanamh, beag seans go n-éireodh leis. Bheadh a intinn ag rásaíocht leis, é lán de chuimhní ar an ndílleachtlann, ar a raibh agus ar ar tharla ann agus, b'fhéidir, thar aon ní eile, ar Gerardus féin. Caitheann sé siar an braillín, léimeann amach go haclaí ar an urlár agus déanann caoldíreach ar an gcith folctha. Glaine choirp, glaine mheoin, glaine anama, mar a deirtí leo sa tseanáit. Huth, Gerardus féin a déaradh, go deimhin!

* * * *

"The Minister for Justice confirmed in the Dáil yesterday that a file has been compiled and presented to the Office of the Director of Public Prosecutions by..."

Putráil fhear an phoist ag bosca litreach dhoras tosaigh an tí a chuireann ar Andy cinnlínte a seacht a mhúchadh. É leathghléasta fós i ndiaidh an cheatha fholctha. Síos láithreach leis an muga caifé, beireann sé ar léine, caitheann air féin é agus amach leis sa halla. Duine de na cailíní as ceann de na hárasáin thuas staighre ann roimhe. Cuma dhrogallach na maidine uirthise agus a cóta codlata bándearg leathchaite uirthi. Is minice mar sin a chasann sé uirthi ná i gcomhthéacs ar bith eile. Suzanne a cheapann sé a bheith uirthi ach ní thig leis a bheith iomlán cinnte de sin.

"Móra dhuit," arsa Andy léi, é bíogúil beoga mar is gnách leis ar maidin. Sceabha-fhéachaint ar meascán é den drogall agus den chotadh a chaitheann sise leis agus siúlann sí thairis, a litirse ina glaic ach gan an rian is lú ar domhan de theanga ina pluic aici.

"Agus móra dhuit féin, a dhuine aoibhinn uasail," arsa Andy fána anáil, agus tosaíonn sé ar dhul tríd na litreacha atá fós fágtha spréite i lár an urláir, iad mórán mar a bhí nuair a tháinig mo chailín thuas orthu. Ardaíonn Andy na litreacha agus aimsíonn sé trí cinn dó féin ina measc. Ansin déanann sé beart cruinn beacht den chuid eile agus, rud is gnách leis a dhéanamh, fágann sé go néata iad ar an tseilfín atá taobh leis an teileafón sa halla. Creidiúint eile don dílleachtlann é tréith sin an oird agus an eagair a bhaineann le hAndy, cé nach rud é sin atá aitheanta aige fós.

An raidió curtha air arís aige agus *Risin' Time* na maidine casta isteach sa starr dheireanach. Na litreacha á suaitheadh ar a chéile ag Andy roimh oscailt dó, a fhios aige cé uathu é gach aon cheann díobh. An ceann is lú díobh curtha ar leataobh aige, an pheannaireacht ghleoite sin ar a eolas aige. Osclaíonn sé an clúdach leis an gcruit air ar dtús. Aililiú! An Cigire Cánach ag cur in iúl dó go bhfuil sé i dteideal aisíoc £1,876.31 as ar íoc sé leo sa cháinbhliain roimh thosú ar an gcúrsa i gColáiste na Tríonóide. Comhordú á eisiúint thar cheann lucht cánach na hÉireann agus chóras na Breataine, a deirtear sa litir. Go deimhin, agus sin éifeachtacht thar mar a chloistear faoi de ghnáth, síleann sé. B'fhéidir, ina dhiaidh sin agus uile, nach bhfuil an córas Eorpach gan suáilce éigin. Beidh seic chuige taobh istigh de choicís, deir siad. É ag fanacht chomh fada ar an bhfógra sin go raibh sé imithe as a chuimhne go dtí anois.

An dara clúdach. Litir ó Orla san áisíneacht ag tabhairt cuiridh dó bualadh isteach chuici ar a chaoithiúlacht. Dul chun cinn éigin déanta sna fiosrúcháin, measann sí, agus ba mhaith léi iad sin a phlé leis. Athléamh i ndiaidh athléimh á dhéanamh ar an litir seo aige nó go gcuireann sé guaim air féin. Déanann sé tochailt lena dheasóg i mbun phóca a bhríste agus aimsíonn bonn fiche pingin: cuirfidh sé scairt ar an áisíneacht roimh fhágáil an árasáin dó ar maidin. Cuimhníonn sé ar an tsíor-fhainic a chuireann lucht na háisíneachta ar dhaoine mar é gan éirí ródhóchasach faoi rud ar bith nó go mbíonn toradh deimhnitheach le feiceáil. Cuimhníonn sé nach raibh ann ach inné féin go raibh sé féin á rá sin le Ciara.

Agus Ciara! Ardaíonn sé an tríú clúdach agus breathnaíonn ar shnastacht pheannaireacht na mná óige seo is ansa leis. É mar a bheadh páiste a dtugtar dhá bhorróg uachtair dó, ceann atá go deas ach ceann eile atá rídheas bagánta blasta, é ag cur thar maoil le huachtar agus mar sin de. Cathú air an ceann is deise díobh a alpadh siar ar dtús ach dóthain féinsmachta chun é a fhágáil go dtí an deireadh. Mar sin a bhí i bhfágáil na litreach seo go dtí an deireadh. Sásamh aisteach ann san fhanacht.

Osclaíonn sé an clúdach agus baineann an cárta as. Scrioschárta don Chrannchar Náisiúnta istigh leis a thiteann chun talún nuair a dhéanann sé an cárta a leathadh. Fágann sé sin ar an talamh go fóill.

'Le grá mór. Póigín. Súil agam gur mó ná tochas a chuireann an scrioschárta seo ort. Ciara XXX.'

Mórán léamh á dhéanamh ar an teachtaireacht sula gcromann sé chun an scrioschárta a ardú den urlár agus é a scríobadh. A bhuí le Dia! Trí £5 nochta! É beannaithe inniu má bhí lá ar bith ina shaol, síleann sé. Agus feicfidh sé a Chiara-sa níos déanaí sa ló. Dúnann sé a dhá lámh timpeall ar an muga caifé, suíonn siar ar an gcathaoir shócúil agus éisteann le John Denver agus *Sunshine on my Shoulders* ag cur clabhsúir suaimhneach le *Risin' Time*.

Caibidil a Ceathair

"In his pioneering work Suicide, *Emile Durkheim identifies for us a number of major categories which, given the ever-changing nature of contemporary society, are, at this point in the world of sociological thinking, deserving of further study. The most important of these is, perhaps..."*

Is leor é leadrán gutha an léachtóra chun spéis Andy san ábhar a chealú. Ach, chun na fírinne a rá, is mó gurb iad litreacha na maidine ná rud ar bith eile atá á dhalladh ar sheoda eolais an tsocheolaí thuas. Meascán de smaointe ar an nglaoch gutháin a chuir sé ar Orla san áisineacht ar ball beag agus ar an gcoinne atá déanta aige léi ar a ceathair a' chlog tráthnóna; ar an meall deas airgid atá le teacht chuige ón gcigire cánach agus, ar ndóigh, ar Chiara, atá chun tosaigh ar aon cheann eile de na smaointe ina intinn. É le castáil uirthi i mbialann an choláiste ar a trí. É ina intinn aige bronntanas beag éigin a bheith aige di mar chomhartha buíochais as an tacaíocht iontach a thugann sí dó. Murach í...

"Mr. Jennings, are you with us?" Ní thuigeann Andy gurb é seo an tríú hiarracht ag an léachtóir

thuas ar a aird a tharraingt air. Iarracht chaoch ag
Andy ar ghuaim a chur air féin nuair a thuigeann sé
gur leis atá mo dhuine ag caint.

"*Eh, I beg your pardon, Professor James?*"

"*Well, thank you for rejoining us, Mr. Jennings.
I have been asking you what conclusions you think
we may draw from Durkheim's findings regarding
the high suicide rate amongst middle class, middle
aged, French Catholic males. Have you any
thoughts on that facet of his study?*" A Chríost! Ní
ar a leithéid atá smaointe Andy dírithe ó chaill sé
spéis i gcaint mo dhuine ar ball beag, ach ní haon
mhaith dó é na smaointe lena bhfuil sé gafa le
tamall de nóiméid anuas a nochtadh. Fonn air,
dáiríre, go slogfaí isteach in ionathar na talún é ach
a fhios aige go gcaithfidh sé freagra éigin a
thabhairt. Baothchaint agus gan dada eile ach í a
thugann sé mar fhreagra agus is fada leis ina
dhiaidh é go mbeidh deireadh leis an dtréimhse.

Tráthnóna. Andy ina shuí i mbialann an
choláiste ag fanacht ar theacht Chiara. Rian den
náire agus den fhearg air faoi gur rugadh air ag
brionglóideach sa léacht socheolaíochta ar maidin.
É beagáinín beag imníoch faoi nach ndéanfaidh sé
a leas sna scrúduithe cinnbhliana gur thug sé

freagra seafóideach ar cheist an Dr. James. Dá mba ghnáthléachtóir a bheadh i gceist bheadh sé dona go leor, ach an tOllamh le Socheolaíocht! Ach is mionrud é sin uile dó i gcomhthéacs an túis bhreá a bhí leis an lá seo agus gealann sé arís anois nuair a fheiceann sé Ciara ag siúl isteach trí phríomhdhoras na bialainne.

"A Chiara," a scairteann sé, é ag seasamh agus ag croitheadh leathlámh san aer le go bhfeice sí an áit ina bhfuil sé. Aimsíonn sí ar an bpointe é agus déanann air. Cuma leathghruama uirthi agus í ag teacht ina threo, síleann Andy. D'ainneoin sin, pógann sí é nuair a shroiseann sí an bord agus fágann a héadan, srón ar shrón, in aghaidh a éadansa ar feadh cúpla soicind i ndiaidh na póige. Cuma Houdini ar Andy nuair a chúlaíonn sé uaithi agus tarraingíonn coróg bhreá bláthanna aníos den urlár, áit ina raibh siad coinnithe i bhfolach aige uirthi. "Anois céard déarfá le scrioschárta a cheannach do do leannán!" ar sé, go galamaisíoch. Loinnir i súile Chiara a luaithe agus a fheiceann sí na bláthanna, ach ní túisce sin nó briseann sí amach ag caoineadh.

Cromann sí isteach i dtreo Andy le nach n-aithneoidh an domhan agus a mháthair an chorraíl atá uirthi. Gan choinne leis a thagann seo ar Andy, ach tá dóthain teacht aniar ann chun déileáil leis. Síneann sé a dhá lámh ina treo, imchlúdaíonn a héadan iontu agus ligeann do Chiara an caoineadh a chur di. Cinneadh láithreach déanta ag Andy gan tosú ar aon cheist a chur faoi céard is bunús leis an gcorraíl nó go maolaíonn ar an gcaoineadh. Idir smeacharnach agus osnaíl uaithi go ceann tamall de nóiméid ach, de réir a chéile, tagann cúlú air sin agus ardaíonn sí a cloigeann méidín beag éigin.

"Céard é féin a stóirín?" arsa Andy.

Claonadh uirthi, agus an cheist seo curtha aige, ar thosú ar an gcaoineadh athuair. Aithníonn Andy é sin uirthi ar an bpointe agus fáscann sé a ciotóg mar iarracht ar an uchtach a ardú inti.

"Ceard é, a Chiara, huth?"

Cromann sí ina threo athuair, leagann a cláréadain in aghaidh a chláréadansa, déanann iarracht ar an tocht atá uirthi a cheansú agus labhraíonn. "Sorcha agus Mick," ar sí, agus comharthaí uirthi go bhfuil sí chun tosú ar an smeacharnach arís. Fáscann Andy a dá lámh an babhta seo agus éiríonn léi srian a chur ar an gcathú atá ag éirí inti.

"Abair leat, a chroí. Céard faoi Shorcha agus Mick?"

Cathú chun caointe ina rabharta inti agus scaoileann sí leis ach, d'ainneoin sin, éiríonn léi na focail a sheoladh uaithi ag an am céanna. "Tá cúrsaí ina cíor thuathail eatarthu, iad ag screadach ar a chéile ar feadh na hoíche, masla i ndiaidh mhasla á gcaitheamh ar a chéile acu, gach aon cheann díobh níos measa ná an ceann a d'imigh roimhe, iad ag —"

"Seo-seo-seo-seo, glac go réidh é, a Chiara. Argóint a bhí eatarthu, is cosúil - sin an méid. Argóint. Ní hann don lánúin nach mbíonn easaontas eatarthu ó am go chéile."

"Ach, ní thuigeann tú, a Andy. Bhí seo nimhneach. Gangaid ann thar mar a d'airigh mise riamh cheana in áit ar bith." Déanann Andy na dlaoithe gruaige atá greamaithe dá héadain ag fliuchras na ndeor a chuimilt siar. Corrcheann díobh atá stuacach agus a mbíonn air bairr na cormmhéire agus na hordóige a oibriú orthu len iad a ardú dá leiceann. Craiceann a haghaidhe deargaithe ag greadfach na ndlaoithe gruaige.

"Féach, a stór, rachaidh tú abhaile tráthnóna agus feicfidh tú go mbeidh gach rud mar a bhíonn de ghnáth. Is mionrud é, bí cinnte de sin."

Guaim curtha aici uirthi féin athuair. "Ní dóigh liom é, a Andy. Ní doigh liom é ar chor ar bith."

"Tá mé á rá leat, a Chiara."

"D'fhág Mick an teach, an dtuigeann tú."

"Céard é féin?" arsa Andy, é soiléir ar a ghlór gur bhain seo siar éigin as.

"I lár na hoíche - a trí nó a ceathair a chlog san oíche - sciúrd sé amach as an teach agus d'fhógair ar bharr a ghutha nach raibh aon fhilleadh air i ndán dó."

"Arae, faoi riar ag an bhfearg a bhí sé nuair a dúirt sé sin, ní foláir. Nach bhfuil a fhios agat go maith go —"

"Ní hea, a Andy," ar sí, agus é len aithint ar a glór go raibh rabharta eile den chaoineadh chun teacht uirthi, "bhí goimh agus dáiríreacht ann agus..." Agus, leis sin, cliseann uirthi fós eile agus tosaíonn ar an smeacharnach arís.

"Seo-seo, a thaisce," arsa Andy, agus dúnann sé na lámha timpeall uirthi arís eile agus druideann cloigeann Chiara lena ucht. Ardaíonn sé a shúile i dtreo an tsíleála agus guíonn Dé chun síol éigin gaoise a sheoladh chuige.

Ceistíonn Andy go tuisceanach í faoi céard a shíleann sí a bheith mar bhunús leis an gclampar idir Sorcha agus Mick ach is léir nach bhfuil tuairim dá laghad aici céard is cúis leis. Níl a fhios aici ach gur chaith Mick sraith de théarmaí taircisniúla le Sorcha arís agus arís eile. Ar bhunús an mhéid atá cloiste ag Andy fúthu le bliain anuas - faoi chomh hiontach atá siad agus faoi chomh sona sásta atá siad mar lánúin - téann sé deacair air ciall a dhéanamh den méid atá neosaithe ag Ciara dó. Go deimhin, alltacht thar aon ní eile atá air nuair a chuimhníonn sé ar chuid de na hainmneacha a luann Ciara leis.

"Bitseach! An bhfuil tú cinnte, a Chiara, nach óinseach a dúirt sé?"

"Bitseach a dúirt sé, a Andy. É sin arís agus arís eile as a bhéal aige ar feadh na hoíche. Agus striapach leis, agus mórán eile nach dtagann chun mo chuimhne ag an bpointe seo. Nach dteastaíonn uaim cuimhniú orthu, go fiú, chun a bheith fírinneach faoin scéal. Gach uile cheann díobh chomh gránna gáirsiúil gangaideach mar tharcaisne is go raibh sé ag dul dian orm a chreidiúint go raibh mé á gcloisteáil, dáiríre."

"Bhuel, níl a fhios agam céard is féidir a dhéanamh faoi, a chroí. Is dócha gurb é is fearr ná deis ama a thabhairt do chúrsaí, féachaint an dtagann feabhas ar an scéal. Eatarthu beirt atá sé, cibé féin atá ann, agus ní fearr rud a dhéanfása, a Chiara, ná gan do ladar a chur isteach sa scéal. Cá bhfios nach chun donais a rachadh an scéal dá ndéanfá amhlaidh."

Claonadh cinn ag Ciara leis, ag tabhairt le fios go dtuigeann sí gaois na comhairle agus pógann siad a chéile go bog grámhar. Breathnaíonn Andy ar a uaireadóir agus tuigeann go gcaithfidh sé a bheith ag bogadh.

"Tá coinne agamsa leis an áisíneacht ar a ceathair. D'fhéadfá teacht liom más maith leat sin."

"B'fhearr gan, is dóigh liom, a Andy. Ar chaoi ar bith, seans gur mó a bhfuil gá liom san mbaile."

"Ar ndóigh, is fíor dhuit é. Fágfaidh mé go stad an bhus tú, ar a laghad. Tá sé ar an mbealach chun na háisíneachta dom, ar aon chaoi."

Tréigeann siad ceantar na hollscoile agus siúlann leo i dtreo lár na cathrach agus dearmad glan á dhéanamh acu beirt ar an gcoróg bláthanna a bheith fágtha ina ndiaidh acu i mbialann an choláiste.

44

Caibidil a Cúig

An t-am á dhíomailt go fánach ag Andy agus é ina shuí i bhforsheomra na háisíneachta. "Tá duine istigh le hOrla faoi láthair ach ní bheidh sí i bhfad eile. Cúig nóiméad nó mar sin a bheidh sí, déarfainn," a dúirt Deirdre, rúnaí na hoifige leis ar chéad teacht isteach dó. É breis agus leathuair ina shuí ansin ag an bpointe seo agus é lánsoiléir dó gurbh é an 'nó mar sin' an chuid chuí de ráiteas Dheirdre. Breathnaíonn Andy ina treo agus déanann sise mhiongháire leis.

"Tá mé cinnte nach mbeidh sí i bhfad eile," ar sí. Fonn ar Andy a rá léi nach rachadh seisean i mbannaí air sin, ach cuireann sé srian ar an gcathú. Ina áit sin déanann seisean miongháire ar ais léise. Ní hé go gcuirfeadh an fanacht as dó de ghnáth ach tá cruachás Chiara ar a intinn aige i gcónaí. Ar ndóigh, luaigh sé léi go mbeadh áit ann di ina árasán féin dá mba ghá sin, ach thuig sé, a luaithe agus a rinne sé an tairiscint, go bhféadfadh sin cur leis an dtrioblóid seachas aon mhaith a dhéanamh. É fós ag déanamh iontais den méid a d'inis Ciara dó.

"A Andy, tá fáilte romhat," arsa Orla, agus í taobh leis sula dtugann sé faoi deara, go fiú, go bhfuil doras na hoifige oscailte aici agus go bhfuil an cuairteoir a bhí istigh léi imithe thar bráid. Seasann sé agus croitheann lámh léi. Boladh an chumhráin úd a bhíonn i gcónaí uirthi ar an aer. Ar fáth éigin griogann an boladh cuimhne dhoiléir ann i gcónaí - cuimhne nach n-éiríonn leis riamh a thabhairt chun bláthú. Cuimhne éigin a bhaineann lena pháistiúlacht, ní foláir, atá chomh fada sin siar nach bhfuil ann ach rian iarsmach ag an bpointe seo. Is minic a ritheann sé leis gur deas mar a d'fheilfeadh an cumhrán céanna do Chiara. Go deimhin, shíl sé uair nó dhó ainm an bhranda a iarraidh ar Orla, ach é rud beag ró-chuthaileach chun sin a dhéanamh. Faitíos air, b'fhéidir, go mbeadh míthuiscint éigin uirthi faoi fáth a iarrtha. Ach, seans go ndéanfaidh sé am éigin amach anseo é, síleann sé.

"Tá an-bhrón orm moill chomh fada sin a choinneáil ort, a Andy, ach is faoi phráinn a rinneadh an choinne dheireanach sin." "Fadhb ar bith, fadhb ar bith," arsa Andy, an teannas a bhain le haincheist Chiara curtha go cúl a chinn aige go fóillín beag.

"Bhuel, go raibh maith agat, a Andy, as teacht isteach chugainn chomh luath seo," arsa Orla, í ag druidim a suíochán isteach i dtreo na deisce i lár na hoifige. Síneann sí leathlámh i dtreo an tsuíocháin atá ar thaobh an chuairteora den deasc agus suíonn Andy.

"Ní dúirt mé mórán leat sa litir mar go gceapaim i gcónaí gur fearr na sonraí i gcás den chineál seo a chur i láthair an chliaint go pearsanta." Croitheadh cinn ag Andy ag tabhairt le fios di go n-aontaíonn sé leis sin mar mhodh oibre. "Caithimid a bheith cúramach nach amháin nach gcuirfimid saol an iarrthóra trína chéile thar mar atá sé faoi láthair ach a chinntiú leis nach gcuirtear isteach go míréasúnta ar shaol an tuismitheora ach an oiread, más é nó í an tuismitheoir a bhíonn ann."

"Aithním leochaileacht an chineál seo ruda, ar ndóigh," arsa Andy go tuisceanach. Ina chroí istigh tá sé ar bís chun iomlán a bhfuil le hinsint ag Orla a chloisteáil, ach é ar a dhícheall ag an am céanna chun guaim á choinneáil air féin.

"Táimid tar éis roinnt mhaith taighde agus iniúchadh a dhéanamh ar bhunús an eolais a chuir tusa ar fáil dúinn agus ar bhunús pé fianaise dhoiciméadach a d'aimsíomar féin i ríomh na ceiste, agus is dóigh linn go bhfuil seans ann go mb'fhéidir go bhfuil do mháthairse aimsithe againn."

Seachas an dóchas a airíonn sé istigh, is mó go dtugann Andy aird ar na téarmaí aireacha tomhasta atá i gcaint Orla. `Is dóigh linn', 'seans', 'go mb'fhéidir' agus mar sin de, iad ann chun meabhrú dó ar bhealach tuisceanach gan éirí ró-dhóchasach faoin bhféidearthacht agus tuiscint a bheith aige do thaobh an tuismitheora den scéal, má tharlaíonn sé ar deireadh gurb í a mháthair a bhíonn ann. Ach, tá sé réasúnta cinnte de nach luafaidís an fhéidearthacht seo leis ar chor ar bith mura mbeidís féin sách cinnte de gurb í a mháthair atá ann.

"Bhuel, cén pointe ag a bhfuil cúrsaí faoi láthair, más ea, a Orla?"

"Bhuel, tá próiséas céimneach cruthaithe againn don tsórt seo ruda, mar a mhínigh mé duit an chéad lá úd dár tháinig tú isteach chugainn."

"Sea, is cuimhin liom gur luaigh tú sin ag an am."

"Ag an bpointe seo, a Andy, tá litir curtha againn chuig an bhean seo ag míniú di a bhfuil de shonraí againn, ag léiriú cúlra do chás-sa di agus ag tabhairt cuiridh di teagmháil a dhéanamh linn."

"Tá seoladh agat di, más ea? Cá háit a bhfuil cónaí uirthi? D'fhéadfainn féin —"

"Go réidh anois, a Andy. Tóg go bog é. Sin díreach an cineál straitéise nach ndéanfaidh do leas ar chor ar bith. Cuimhnigh nach bhfuil ciall ar bith tusa a bheith ag léim romhainn ar an dóigh sin, go háirithe nuair nach bhfuil sé go fiú aitheanta ag an mbean seo fós gur tú a macsa. Caithfear a bheith an-chúramach go deo sna cúrsaí seo nach mó damáiste a dhéantar ná rud ar bith eile. Tá a fhios agat sin ón bplé atá déanta againn cheana."

Ní le boirbe a deirtear sin le hAndy ach chun ró-dhíograis a sheachaint, a cheansú, agus tuigeann Andy sin fós eile.

"Gabh mo leithscéal," ar sé, "ní hé go bhfuil mé ag iarraidh dul romhat ar chor ar bith, agus, le fírinne, tá mé an-bhuíoch díot an scéal a bheith tugtha chomh fada seo ar aghaidh agat cheana féin."

"Tuigim sin, a Andy, ach caithimid a chinntiú gurb í an fhoighne a dhéanann sinn a threorú ar feadh an ama. Cuimhnigh nach bhfuil aon oibligeáid ar an mbean seo ár litirse a aithint mura dteastaíonn uaithi sin a dhéanamh, go fiú má tharlaíonn sé gurb í do mhátharsa í. Ar chaoi ar bith, níl ann ach cúpla lá ó shin ó cuireadh an comhfhreagras seo chuici."

"Tuigim," arsa Andy, agus a dhíograis á shrianú beagáinín beag eile aige.

"Maith go leor, más ea. Anois, fág fúinne é, a Andy, agus a luaithe is atá freagra faighte againne - sé sin le rá, *má* fhaighimid freagra ar an litir a chuireamar - beimid i dteagmháil leat."

Arís an cúram agus an t-airdeall úd i gcaint Orla, arís an t-séimhe agus an iarracht uaithi ar shrian a chur ar ró-dhíograis Andy.

Boladh an chumhráin úd ag líonadh na bpolláirí fós air agus Andy ag siúl leis thar Dhroichead Uí Chonaill. Dordán thrácht na cathrach mar a bhíonn i gcónaí ag an tráth seo den tráthnóna. Tiománaithe áirithe ag fógairt a mífhoighne tré luí go seasta ar bhonnáin an rotha stiúrtha agus daoine eile ina measc a thuigeann nach ngnóthaíonn an cineál sin oibre oiread agus an t-orlach breise maidir le cur chun cinn an tráchta. Dordán de chineál eile á iompar leis ina chloigeann ag Andy: meascán den ghliondar agus den dóchas maidir lena chás féin, ach den bhuairt agus den imní i dtaobh aincheist Chiara. Faraor gan fón sa bhaile aici. Ar an dóigh sin, d'fhéadfadh sé glaoch uirthi ar a laghad agus a chinntiú go raibh suaimhneas éigin intinne aici. Ar chaoi ar bith, síleann sé, chuile sheans go mbeidh an uile ní ina cheart faoi seo.

Scréach na gcoscán a chroitheann as tranglam an smaoinimh é.

" A Chríost sna Flaithis! An gceapann tú gur i bPáirc an friggin' Fhionnuisce atá tú, a bhuachaill?" a scairteann fear an tacsaí leis. "Murach mise a bheith..." Ansin stopann an tiománaí den bhéicíl nuair a fheiceann sé an fear óg ag sméideadh air, Andy ag glacadh leithscéil leis, ag admháil dó gur air féin atá an locht. Aithníonn fear an tacsaí umhlaíocht an óigfhir ach, mar sin féin, díríonn sé aird Andy ar sholas na gcoisithe a bheith dearg, croitheann a chloigeann le teann frustrachais, bogann leis ar aghaidh sa tsruth tráchta agus tagann chun stad arís cúpla slat taobh thíos de na soilse.

An fón ag cnagadh leis sa halla agus Andy ag dreapadh na gcéimeanna lasmuigh de dhoras tosaigh an tí. É ag méaraíl leis an gcarn eochracha agus é ag teip glan air an eochair cheart a aimsiú. Ansin aimsíonn sé ar deireadh é, sánn isteach i bpoll na heochrach é agus tagann deireadh leis an gcnagadh. A fhios aige gurbh í Ciara a bhí ann. Seans go nglaofaidh sí arís ar ball. Is cuimhin leis a rá léi go mbeadh sé ag staidéir sa bhaile ar feadh na hoíche. Go deimhin, nár thug sé an glaoch-chárta a bhí ina thiachóg aige di le go bhféadfadh sí scairt a chur air.

Doras an árasáin díreach druidte aige nuair a thosaíonn an fón ar an gcnagadh athuair. Gan ach an tríú buille ann nuair a ardaíonn Andy an glacadóir. Ciara féin atá ann, go deimhin - cé eile ach í. Í níos bailithe inti féin ná mar a bhí níos luaithe sa tráthnóna. D'ainneoin sin, ní thig léi a rá go bhfuil aon fheabhas suntasach ar an scéal. Sorcha níos ciúine inti féin, deir sí, 's gan de shonra faoinar tharla luaite aici le Ciara ach go raibh easaontas idir í agus Mick. É tugtha faoi deara ag Ciara, áfach, go bhfuil éadaí Mhick imithe as an várdrús agus go bhfuil an clog-raidió a mbaineann sé úsáid as mar aláram chuile mhaidin imithe den taisceadán atá le hais na leapa.

"Coinnigh do mhisneach, a chroí, agus ná bíodh leisce ort glaoch orm más gá sin a dhéanamh." Tosaíonn blípeanna an teileafóin á bhfógairt féin i lár abairt Andy, iad ag tabhairt le fios go bhfuil cárta Chiara ag dul i ndísc.

"Cén uimhir atá ansin agat, a Chiara? Glaofaidh mé ar ais ort," ar sé go deifreach. Na blípeanna ag breith ar rubaill a chéile, ag cur in aghaidh na cainte.

"A 8-3-2-5—" agus gearrtar an líne sula mbíonn deis aici an t-sraith uimhreacha a chríochnú.

Caibidil a Sé

Maidin Aoine, árasán Andy. Cúpla seachtain imithe ón lá úd ar dúradh le hAndy gur shíl Orla go mb'fhéidir go raibh a mháthair aimsithe ag an áisíneacht. B'in an lá céanna a d'inis Ciara dó faoin titim amach a tharla idir Mick agus Sorcha. An lá céanna, go deimhin, ar ghlaoigh Ciara air agus gur gearradh an líne orthu. Torthaí difriúla ar fad ar an dá chás. Dul chun cinn iontach déanta sna fiosrúcháin i dtaobh cheist Andy. Go deimhin, tá cúrsaí tugtha ar aghaidh chomh maith sin is go bhfuil coinne déanta ag an áisíneacht le go gcasfaidh sé - tráthnóna inniu féin - ar an mbean atá aimsithe acu. Andy ar bís, é mar a bheadh páiste maidin Lae Nollag. É ina shuí óna 6 a.m. D'éirigh sé chomh luath sin chun réiteach don choinne. Léine agus bríste iarnáilte aige ar maidin sular smaoinigh formhór den domhan mór Fódlach ar chasadh thart sa leaba, go fiú. Ach, ar bhealach eile, d'éirigh sé go luath mar nach bhféadfadh sé codladh ar bith a dhéanamh ar aon chaoi. Sceitimíní air ar feadh na hoíche thar mar a d'airigh sé riamh cheana.

Beireann sé an cupán caifé leis agus buaileann

faoi ar an gcathaoir shócúil taobh leis an bhfuinneog. Casann a smaointe ar chás Chiara. Iad ag casadh ar a chéile go laethúil i gcónaí i lár na cathrach - ise ar a bealach abhaile ón scoil agus eisean ag glacadh sosa ón staidéar. É tuaipliseach mar atá a saolsa tite as a chéile uirthi le baicle de sheachtainí anuas. Mick fós as baile agus, go bhfios di, ón mbeagán atá inste ag Sorcha di, gan aon teagmháil déanta aige ó bhailigh sé leis an doras amach an oíche úd. Toradh na turrainge le feiceáil ar éadan Chiara, go fiú don té nach mbeadh a dhath ar eolas aige faoinar thit amach. A haghaidh sínte teannaithe liathbhán. É aisteach, síleann Andy, gurbh eisean a bhí in umar na haimléise tamall gearr ó shin agus Ciara láidir cothaitheach dearfach faoin todhchaí. Ise ag tabhairt misnigh dósan, á rá leis gan ligean don dóchas dul i léig. A mhalairt ar fad atá fíor anois. Go deimhin, ar fáth éigin nach féidir le hAndy ciall iomlán a dhéanamh de, tá seisean ag aireachtáil ciontach faoin athrú sin sa scéal le déanaí. Gan dabht ar bith air go bhfuil baint éigin ag an mothúchán sin le Ciara a bheith thíos nuair atá gach cuma ar an scéal go bhfuil flosc gaoithe faoina bhrat féin.

Ach cá bhfios nach mbeadh casadh tobann chun feabhais i scéal Chiara díreach mar a tharla ina chás féin. Socrú déanta acu, os é an Aoine é, dul chun na pictiúrlainne chun *The Butcher Boy* a fheiceáil san oíche anocht. É caillte acu nuair a tháinig sé amach ar dtús agus iad á rá ó shin gur bhreá leo é a fheiceáil dá dtiocfadh sé thart arís. Iad le casadh ar a chéile ar a 7 pm ag coirnéal Shráid Dorset Uachtair, áit a thrasnaíonn sé an Cuar Bhóthar Thuaidh. Bheadh casta aige ar a mháthair faoi sin - más í a mháthair í - agus bheadh an fanacht fada sin curtha de ar aon chaoi. Cá bhfios cén luí intinne a bheadh air féin faoin am sin, ach cuma olc maith nó dona é, chaithfeadh sé díriú ar Chiara go príomha agus gan ró-chaint a dhéanamh faoin gcoinne eile.

Bonnán chairr á shéideadh lasmuigh den árasán a ghriogann Andy chun aitheantais. Breathnaíonn sé ar a uaireadóir. A Chríost, 8.50 a.m. cheana féin. Dearmad glan déanta aige de go ndúirt Marc leis go mbeadh carr a athar aige thar an deireadh seachtaine agus go mbaileodh sé ar an mbealach chun an choláiste ar maidin é. Sciúird sciobtha chun na fuinneoige ag Andy, druideann siar an cuirtín lása agus ardaíonn an chorrmhéar in aghaidh na gloine, é ag tabhairt le fios do Mharc go mbeidh moill nóiméid air. Timchuairt den tseomra ansin ag Andy, agus cuireann sé uaidh an cupán caifé. Idir throdáin 'gus leabhair á mbailiú aige, caitheann air a chasóg mhaith agus amach an doras leis de rúid.

* * * *

4.27 p.m. Is fearr luath ná mall, a shíleann Andy dó féin. É ina shuí i dtolglann an Skylon ó 4.05 d'ainneoin an 4.30 a bheith socraithe tré'n áisíneacht mar am dóibh chun casadh ar a chéile. An uile chineál smaoinimh ag cúrsáil trína intinn ó shroich sé an t-óstán. Ceist i ndiaidh ceiste á n-ardú féin 'gus é ag fanacht uirthi. Cén fáth ar iarr sé ar an áisíneacht a thabhairt le fios gurb é Robbie atá mar ainm air, seachas Andy? Nó Aindriú, go deimhin, mar ba ghnách leo tabhairt air in oifig na háisíneachta. Féinchosaint de chineál éigin, is dóigh leis. Má tharlaíonn sé ar deireadh nach í an bhean seo a mhátharsa, ní bheidh an uile ní sceite aige le strainséir éigin nach bhfeicfidh sé riamh arís, b'fhéidir. A ainm ach go háirithe - an rud is luachmhaire dó, ar bhealach - tar éis is gur tréigeadh é agus gur fágadh é gan ghaol gan ainm. Sa dílleachtlann a rinneadh Andy den Aindriú agus

is minic é a cheapadh, dá bhfágfaí faoi féin é ainm
a roghnú dó féin, nach fearr a roghnódh sé ná sin.
Ach inniu is Robbie é agus déanfaidh sin cúis don
ghnó seo go ceann píosa, ar aon chaoi.

Agus maidir léi féin, tá na ceisteanna ag rothlú
thart ina intinn. Cén aois í? Cén tuin cainte a
bheidh aici? Cén chuma a bheidh uirthi? An
mbeidh sí ard caol nó an mbeidh sí stumpach?
Dath na gruaige? Fionn, b'fhéidir, ar nós é féin, nó
an mbaineann finne le taobh an athar? An t-athair!
Beag an smaoineamh déanta ag Andy riamh ar
cheist na hatharthachta. Dul i ndiaidh na máthar
ba chás leis i gcónaí ar fáth éigin.

Estelle is ainm di, a dúirt Deirdre na
háisíneachta leis. Ainm é sin a thaitin leis i gcónaí,
cé nach cuimhin leis aon Estelle a bheith ar a aithne
aige riamh. Cuma Eorpach air mar ainm, stíl *chic*
Fhrancach ag baint leis ar dhóigh éigin. Cóta
fíondearg a bheadh á chaitheamh aici, de réir
Deirdre, agus bheadh mála láimhe á iompar aici.
Preabadh na n-uimhreacha dearga ón bhfiche
seacht go dtí'n fiche hocht ar chlog digiteach na
tolglainne a chuireann drithlín sceitimíneach tríd
agus é i bhfoisceacht an dá nóiméad don sprioc-am
anois. Agus, leis sin, siúlann sí an doras isteach,

más í atá ann. Tocht ar Andy a luaithe agus a
fheiceann sé í. É mar a bheadh gad ar a bhéal agus
é ag breathnú trasna an tseomra uirthi. Í i bhfad
Éireann níos óige ná mar a shamhlaigh sé go
mbeadh sí. Dathúil leis. An misneach ann á
thachtadh go tobann ag babhta faitís agus cathú air
nóiméad cúbadh siar ar an tolg sa chuaisín ina
bhfuil sé. Ach, leis sin, aimsíonn a súil casóg
sheiceadach Andy a luaigh Deirdre léise agus
díríonn sí ina threo.

"Robbie?" ar sí, agus í tagtha chomh fada leis
an mbord.

Fuaimíonn an t-ainm aisteach dó agus is aistí
fós é go mbeidh sé ag freagairt dó mar ainm.
Leoithne thaitneamhach de bholadh cumhráin á
seoladh chuige ar an aer agus í tagtha ina láthair.
Aithníonn Andy láithreach bonn é mar an cumhrán
céanna a bhíonn á chaitheamh ag Orla san
áisíneacht - é sin nach bhfuil ainm an bhranda ar a
eolas fós aige. Seasann sé. Gan a fhios aige an
síneoidh sé lámh i dtreo na mná seo nó céard é is
cuí. Is measa fós é nach bhfuil a fhios aige céard a
thabharfaidh sé uirthi. Ní hé nach raibh
smaoineamh déanta ar na nithe seo aige, ach anois,
agus é i láthair na mná seo ar fhan sé chomh fada

sin le castáil uirthi, tá reo de chineál air idir intinn agus chorp.

"Estelle," ar sí, á cur féin in aithne dó. Seans ann go bhfuil an riocht ina bhfuil sé aitheanta aici. Glór bog cineálta aici, síleann sé. Í cultúrtha go maith gan a bheith galánta. Ritheann sé leis go gcaithfidh nach bhfuil seo éasca uirthise ach an oiread. Chuile sheans, ón uair a fuair sí tuairisc ar bith air, go raibh sceitimíní uirthise, ach an oiread leis féin. Seans go bhfuil i gcónaí, go deimhin.

"Estelle," arsa Andy.

"Robbie," ar sise den dara huair, ciotaíl an chasaidh á tréigean aici agus í á rá. Síneann seisean a dheasóg chuici agus glacann sise ina láimh é. Ní croitheadh na lámh atá ann ar chor ar bith ach teagmháil ar mheascán é den ngreim agus den chuimilt. Iad beirt ag diúl na teagmhála 's gan oiread agus focal astu. Agus leis sin, deargann sise agus pléascann amach ag caoineadh. Gan a fhios ag Andy céard is cóir dó a dhéanamh. An tocht a bhí á aireachtáil aige féin díbrithe ag tobainne an phléasctha agus práinn na hócáide á béimniú féin ar bhealach nach raibh coinne aige leis. Cuireann sé lámh trasna ar ghualainn Estelle agus druideann chun suí í. Ise ag útamáil sa mhála láimhe ansin ag cuardach ciarsúir. Boladh an chumhráin á sheoladh i dtreo Andy arís eile agus í i mbun na hútamála. Cathú air ceist a chur cén t-ainm atá ar bhranda an chumhráin, ach airíonn sé nach bhfuil sin cuí go fóill. Leis sin, aimsíonn sí an ciarsúr agus tumann a haghaidh go caointeach ina lár.

Caoineann Estelle deora a cinn go ceann cúpla nóiméad agus Andy ina shuí taobh léi ar feadh an ama. Leathfhonn air féin ligean leis na deora freisin ach ní dhéanann sé amhlaidh ag an bpointe seo. Iontas de chineál air go n-airíonn sé mar sin. Meascán de náire agus den tuairim gur chóir dósan a bheith láidir ar bhealach éigin a ghoideann cead an chaointe uaidh, ar deireadh. É ag fanacht go gcúlaíonn snaganna an chaointe ar Estelle agus, de réir mar a tharlaíonn sin tugann sé aird arís ar chaoimhe an chumhráin.

"Cén t-ainm atá ar an gcumhrán sin atá á chaitheamh agat?" ar sé. A luaithe agus a chuireann sé an cheist, airíonn sé, ar bhealach, gur seafóideach an gníomh é í a chur. Ach, ar bhealach eile, is cuma sin. Feidhmíonn sé chun Estelle a ghriogadh chun luspairt an chaointe a chur di. Ba chuma céard déarfaí, dáiríre, ach go ndéarfaí rud éigin chun nithe a chur ar an meán ar dhóigh éigin.

"Cumhrán?" ar sí.

"Sea, é sin atá á chaitheamh agat."

"Ó!" ar sí, agus láithreach bonn osclaíonn sí an mála láimhe athuair agus baineann buidéal tibhreach as. "*Chagrin*," ar sí, agus síneann chuige an buidéal.

"Chagrin," arsa Andy ina diaidh, rian na smaointeoireachta ar a ghlór.

"Is sean-chumhrán é átá á chaitheamh agam leis na blianta anuas. Ó bhí mé i mo dhéagóir, go deimhin."

Iardhearcadh bladhmach a thagann go heitleach chun na hintinne air. Cuimhne ar fhallaing bhán chroiseáilte a bheith fáiscthe le leiceann linbh agus boladh an chumhráin úd go tréan ar olann an bhaill éadaigh. Agus cuimhne eile go géar ar shála na céad cuimhne, ar fhiacail an fhrancaigh á sá féin go harraingeach isteach i bhfeoil na leise agus an phian á tiomáint trén uile bhall de chorp an linbh. Freang le feiceáil ar a éadan agus é ag cuimhneamh air seo agus aithníonn Estelle é sin air.

"An bhfuil tú féin ceart go leor, a Robbie?" ar sí.

"Céard é féin?" ar sé, agus ceist Estelle ag teacht aniar aduaidh air.

"An bhfuil tú ceart go leor? Shíl mé gur aithin mé strainc fhreangach ansin ort soicind."

"Freangach! Strainc fhreangach ormsa! Arae, ní dada é. Seanchuimhne de shaghas éigin, is dócha," ar sé. Caifé! Beidh caifé agat, an mbeidh?" ar sé go deifreach i ndiaidh dó an tagairt don chuimhne a bhí tar éis scinneadh trína intinn a chur de. Is iarracht aige é ar gan aon mhíniú a thabhairt ar an iardhearcadh.

"Ba dheas sin," arsa Estelle, agus, leis sin, éiríonn Andy agus imíonn leis i dtreo an chuntair. Breathnaíonn Estelle air agus é ag trasnú urlár na tolglainne, í ag déanamh iontais de bhacadradh Andy; siar bainte aisti nuair a fheiceann sí ar dtús é. Í ag iarraidh ciall a dhéanamh den mháchail seo a bheith air. Timpiste éigin a tharla dó in imeacht na mblianta, ní foláir, a shíleann sí. Ach b'fhearr gan a dhath a lua leis ina thaobh ag an bpointe seo. In imeacht ama, de réir mar a chuireann siad aithne ar a chéile, is cinnte go dtiocfaidh sé aníos sa chomhrá. Cloiseann sí uaithi nádúr na cainte agus an fhormhagaidh idir Andy agus fear an bheáir agus síleann di féin gur deas fearúil mar atá an mac seo léi. Gan a fhios aici an bhfuil nó nach bhfuil amhras ar Andy féin faoi an ise a mhátharsa go cinnte nó nach ea, ach níl dabht dá laghad uirthise ach gurb eisean a macsa. A luaithe agus a shiúl sí isteach sa tolglann agus go bhfaca sí ansin os a comhair é d'aithin sí rian an athar air ó bhonn go baithis. Tarraingíonn sí aer an tseomra go domhan tréan isteach ina scámhóga agus déanann dí-análú air go mall tomhaiste. A fhios aici go bhfuil go leor le plé agus nach bhfuil sa tseisiún seo ach an chaolchuid de; tús an chur in aithne ar a mhéid. Is maith a thuigeann Andy féin an méid sin freisin. Ardaíonn seisean an cupán caifé den chuntar agus tagann i dtreo Estelle arís. Leathann miongháire ar a béal nuair a fheiceann sí ag teacht é agus réitíonn sí í féin chun luí isteach ar an gcaint...

Caibidil a Seacht

Leoithne anála á séideadh go bog ag Andy ar chúl mhuiníl Chiara a chuireann uirthi a lámh a chur leis an gcraiceann chun an dinglis a ruaigeadh. I ngan fhios di atá a leannáin tar éis teacht suas taobh thiar di agus í ag fanacht air ag coirnéal an dá shráid chathardha. Í druidte isteach faoi dhíonbhrat an fhoirgnimh mar chosaint di féin ar an mbrádán. Banc Uladh atá ann, a shíleann sí di féin, nó Banc Aontas Éireann. Níl a fhios aici go cinnte cé acu é, dáiríre, ach ní leor a haineolas mar ghriogadh di le go seasfadh sí amach faoin mbrádán chun é a dheimhniú di féin. Sracfhéachaint ar a huaireadóir agus osna bheag uaithi. Fonn ar Andy scairteadh amach ag gáire ach ní ghéilleann sé don chathú. Crapann sé na liopaí arís agus séideann go bog ar mhuineál na mná óige den dara huair. Ciara ar tí an craiceann a thochas arís nuair a ritheann sé léi gurb aisteach é séideán a bheith taobh thiar di agus í druidte isteach mar atá sí. Gan ach an leathchasadh déanta aici nuair a thuigeann Andy amhras a bheith tagtha uirthi.

"Bú!" ar sé, de thallann, gan oiread agus an leathsmaoineamh déanta aige ar an ngeit a bhainfidh sin as Ciara bhocht. Géarscread uaithise, ach, a thúisce agus a dhéanann sí sin, aithníonn sí gurb é Andy atá ann. "A Chríost sna Flaithis, a Andy! Céard sa frig atá ar siúl agat, in ainm dílis Dé?" Amhras ar Andy soicind an bhfuil olc curtha aige uirthi, dáiríre, ach ansin aithníonn sé gáire an fhaoisimh ag briseadh ar a béal agus beireann sé barróg uirthi.

Agus é ag breathnú uaidh thar ghualainn Chiara, tá gairéad sholas neoin Chafé Chlive le feiceáil píosa maith thuas uaidh ar thaobh na cathrach den tsráid. Leis sin, feiceann Andy an bus ag teacht ina threo go toirniúil tualangach, na soilse ar siúl air agus an dá sheafta solais ag déanamh mirlíní criostail de bhraonacha na báistí a thiteann os a gcomhair. Ansin, moill thráthúil á cur ar an mbus ag deirge na soilse tráchta ar Shráid Dorset, rud a cheadaíonn don trácht atá ina sheasamh ag barr Shráid Ghardnar Uachtair sileadh amach de sciotán ar an bpríomhbhealach.

"Seo seo," arsa Andy, "bus!" Agus greadann siad beirt leo go beo i dtreo na scuaine ag stad an bhus.

* * * *

An *Omniplex*, Seantreabh. An solas ón
scáileán á theilgean féin ar aghaidheanna Andy
agus Chiara. Greim acu ar lámh a chéile ó thosach
an scannáin. Andy anois ag breathnú ar éadan
Chiara, í faoi gheasa ag scéal an *Butcher Boy* atá á
nochtadh féin os a gcomhair. Lí ómrach le feiceáil
ar leiceann na mná óige agus Andy ag féachaint
uirthi. Sracfhéachaint aige soicind ar an scáileán
agus gan le feiceáil air ach éadan leathan bricíneach
agus gruaig rua Francie Brady á lionadh ó
chiumhais go ciumhais. É sin is cúis leis an dath úd
ar leiceann Chiara.

Dea-aoibh ar Chiara ar an mbealach amach ar
an mbus dóibh. É ráite aici, cé nach bhfuil Mick
fillte ar an mbaile fós, go raibh an-ghiúmar ar
Shorcha ar maidin. Í neirbhíseach fós, ceart go leor,
shíl Ciara, mar atá i gcoitinne ó d'fhág Mick, ach
rian éigin den dóchas le sonrú inti, rud nach raibh
uirthi le tamall anuas. Andy sásta é sin a chloisteáil
agus eisean daingean i gcónaí sa rún a rinne sé gan
ró-chaint a dhéanamh faoin gcoinne a bhí aigese le
hEstelle, ach a rá go raibh sé tairbheach, gur shíl sé
í a bheith go deas mar dhuine agus go mbeidís ag
castáil ar a chéile go luath arís. É tugtha le fios ag
Andy ar an mbus amach dóibh go n-inseodh sé an

scéal ina iomláine do Chiara thar an deireadh seachtaine, ach gurbh é ab fhearr leis anocht ná a mheoin a dhalladh ar an uile ní seachas an scannán seo.

Ar mhaithe le Ciara féin a bhí sin ráite aige, áfach. Agus lí an ómra ansin ag ealaín léi ar ghnúis Chiara, tá intinn Andy dírithe go huile agus go hiomlán ar an dtréimhse atá caite aige i gcuideachta Estelle tráthnóna. Cé nach ndúirt sé seo le hEstelle féin agus cé nach ndearnadh aon mhór-phlé ar shonraí a ndá chúlra, níl an smid is lú amhrais ar Andy ach gurb í Estelle a mhátharsa ceart go leor. Go fiú na súile céanna uirthise agus atá air féin, agus é sin tugtha faoi deara ag Andy chomh soiléir céanna agus a d'aithneodh sé goirín mór ar shrón an Phápa. É ag iarraidh a mheas agus iad beirt i gcomhluadar a chéile sa Skylon ar aithin Estelle féin ceannacht úd na súl. Gan a fhios ag Andy, ar ndóigh, nach raibh dabht ar bith ar Estelle, go fiú roimh castáil ar a chéile dóibh, gurbh é Andy a macsa: a haonmhac féin, go deimhin.

Gáire spleodrach groíúil Chiara a bhriseann an smaoineamh ar Andy. Francie Brady tar éis drochbheart uafásach éigin a imirt ar bhean chomharsanach éigin agus an uile dhuine sa phictiúrlann sna trithí dá bharr. Ruball na heachtra faighte ag Andy, 's gan ann ach sin, ar a mhéid.

"Nach é an diabhailín ceart amach is amach é," arsa Ciara, a cloigeann á chasadh i dtreo Andy aici.

"Brón orm, chaill mé sin. Bhí leath-mhíogarnach ansin orm soicind nó dhó agus d'imigh sin tharam."

An dara scairteadh gáire ag an slua ina dtimpeall a tharraingíonn aird Chiara i dtreo an scáileáin athuair agus déanann sin cealú ar aon ghá a bheadh ann d'Andy a thuilleadh míniú a thabhairt ar chailliúint na heachtra.

* * * *

Andy ag déanamh i dtreo an bhaile. Tá ceathrú uaire de shiúlóid déanta aige ó d'fhág sé Ciara ag ceann an bhóthair ar a bhfuil cónaí uirthi - an chéad uair dó teacht chomh gar sin dá baile. Ar ndóigh, d'iarr Ciara isteach le haghaidh caifé é ach, ar an ngnáth fáth, dhiúltaigh sé don chuireadh. Iad thar an bpointe gur cnámh spáirne a thuilleadh eatarthu í an cheist chéanna. É de chiall ag Ciara a thuiscint go dtiocfaidh sin in imeacht ama. Coinne déanta ag Andy go ngabhfaidh sé féin agus Ciara go Cill Mhantáin in éindí le Marc lá arna mhárach. É luaite ag Marc nuair a bhailigh sé Andy ar maidin go mbeadh air féin cuairt a thabhairt ar aintín leis ar an taobh ó dheas d'Áth na Fuinseoige agus, dá mba mhaith leis féin agus Ciara teacht mar chomhluadar leis, go mbeadh míle fáilte rompu.

Tá gus faoi ghluaiseacht Andy agus é ag greadadh leis faoi chiumhaiseanna na gcrann ar Ascaill Uí Ghríofa. Is aoibhinn leis mar a shileann solas na lóchrann sráide trí ghlaise an duilliúir, é ag caitheamh scáthanna diamhra san uile threo ar fud an chosáin fhairsing. Boige san atmaisféar a chumann sin, rud a cheadaíonn dó, ar bhealach éigin, sonraí an chomhrá idir é agus Estelle a chíoradh. Seisiún aitheantais ab ea an chéad teacht le chéile seo. Gan eatarthu ach caint ghinireálta, díreach mar a chuir an áisíneacht de chomhairle orthu a dhéanamh. É inste ag Estelle dó go bhfuil sí pósta agus go bhfuil iníon amháin clainne acu. Cathú gearrshaolach ar Andy a cheapadh go raibh leas-deirfiúr aige, ach mhúch sé mar smaoineamh ann féin é.

Agus Andy féin: d'inis sé di gur mac léinn é agus mar a d'oibrigh sé ar na láithreáin i Sasana agus anseo in Éirinn chun an t-airgead a fháil chun leanacht den staidéar. Luaigh sé go bhfuil sé ag siúl amach le cailín le tamall maith anuas agus go bhfuil sí go hálainn. Sheachain sé aon tagairt don fhás aníos, don dílleachtlann nó rud ar bith den chineál sin. Ar ndóigh, rith sé leis ceist a chur cén fáth ar thréig sí é, más í a threig, ach, ach an oiread leis an smaoineamh i dtaobh leas-deirfiúr a bheith aige, rinne sé an ceann eile seo a phlúchadh leis - go fóill ar aon chaoi. "Go réidh, go réidh," a dúirt Orla na háisíneachta leis míle uair má dúirt sí uair amháin é, comhairle nach raibh, nach bhfuil agus nach mbeidh caillte ar Andy. Tiocfaidh gach a bhfuil le teacht amach in imeacht ama.

Next Fixture: Sunday, April 5th:
Shelbourne F.C. vs Cork City

De thurraing a dhírítear a aird ar an bhfoclaíocht ar chlár na bhfógraí ar chúl an tseastáin thuaidh i bPáirc Tolka. Iontas air go bhfuil sé tagtha chomh fada seo cheana féin. Ní cuimhin leis, go fiú, casadh d'Ascaill Uí Ghríofa, tá sé chomh slogtha sin ag doimhneacht na gcuimhní. É seolta leis ar mhuin an smaoinimh. Seasann sé cúpla soicind agus tugann lán a aire don fhógra. Cuimhníonn sé mar nár chaill sé oiread agus ceann amháin de chluichí baile na *Hammers* le linn dó a bheith i Londain. 'S nach iontach é - níor leag sé an leathchois riamh taobh istigh de gheataí Pháirc

Tolka. Ach cá bhfios nach ndéanfaidh sé sin go luath, agus an dá leathchois, go deimhin, síleann sé, agus bailíonn sé leis go bacach i dtreo an bhaile, agus *I'm Forever Blowing Bubbles* á fheadaíl ar bharr a anála aige.

Ag trasnú dhroichead na canála dó agus é ag déanamh ar Chnoc an tSamhraidh, airíonn sé goimh fhuachta in aer na hoíche. Sánn sé a dheasóg isteach i bpóca na casóige agus aimsíonn naipcín páipéir dearg. Naipcín Estelle atá ann, é sin a tháinig leis an gcaifé agus na brioscaí níos luaithe sa tráthnóna. Agus a lámh fós fé chlúid sa phóca, déanann sé boige an naipcín a chuimilt idir an ordóg agus an chorrmhéar. D'aon ghnó a thóg sé leis é agus an t-óstán á fhágáil acu. Gan a fhios aige go baileach cén fáth a rinne sé amhlaidh. Síol fiosrachta éigin a bhí ann - síol aitheantais - a ghriog go domhain é agus a chuir air é a bhreith leis. Baineann sé an naipcín as a phóca, ardaíonn lena pholláirí é agus déanann iad a líonadh le boladh cumhra *Chagrin*.

Caibidil a hOcht

Scáth gruama dorcha á leathadh féin ina uigebhrat ar an uile ní. Clampar clagarnach an mhaide adhmaid á rith trí ghreillí frámaí na leapacha agus búiríl bhascach Gerardus ag ealaín le hinchinn Andy. Ní fógairt na maidine ná fógairt lár na hoíche é seo, ach fógairt na trioblóide; craobhscaoileadh na hachrainne agus an mhíshuaimhnis; cur chun cinn an uile ní a ghineann idir mhíshocracht agus chorraitheacht.

"Preab, a Phreibín-ó, preab," arsa Gerardus, agus preabann Andy mar a deirtear leis a dhéanamh. Pláta tanaí miotalach fáiscthe ina bhindealán ar ghoin na leise air agus é á fheiceáil féin ag preabadh aníos de thocht na leapa. É dochreidte mar is féidir leis é sin a dhéanamh agus é fós sínte amach amhail is go bhfuil sé fós ag luí ar bharr an tochta. An tríú preab curtha de anois aige agus é ar foluain san aer. Breathnaíonn sé síos i dtreo na leapa agus feiceann báine na braillíne íochtair thíos faoi. Máchail mhór fhliuchrais i lár na braillíne a bhfuil crut léarscáil Mheiriceá Theas uirthi.

"Mhún tú fút arís, a Phreibín, a mhic-ó," arsa Gerardus.

"Sea, mhún tú fút arís, a Phreibín," arsa an dara guth.

Andy fós ar foluain san aer agus é ag iarraidh ciall a dhéanamh den dara guth seo atá cloiste aige. Guth mná atá ann, de réir cosúlachta. Sea, guth mná, gan dabht ar domhan. Ansin, de chúrfá, tosaíonn an dá ghuth ar an aithris scigiúil chéanna:

"Mhún tú fút 'gus mhún mise ort, mún sa leaba 'gus mún sa ghort. Mhún tú fút 'gus mhún mise ort, mún sa leaba 'gus mún sa ghort."

Ceol *Aslan* á phumpáil sa chúlra agus an chantaireacht seo á déanamh ag an mbeirt de réir dul an fhoinn. Boladh chumhráin ar an aer agus a aithint sin á cheangal ina intinn ag Andy le rian de chuimhne nach bhfuil greim iomlán aige uirthi fós. Bus Uimhir 13 á thiomáint ag Ciara síos trí cheartlár an tsuanleasa agus éadain sceimhlithe na mbuachaillí eile ag teacht agus ag imeacht de rúideanna i ngathanna shoilse tosaigh an bhus. Casadh cinn ag Andy chun breathnú síos faoi arís agus feiceann sé Gerardus ag pramsach thart ar an urlár, céile damhsa leis a bhfuil leathlámh sínte thar a gualainn aige. Breathnaíonn Andy ar an dara duine. A Chríost sna Flaithis, Estelle atá ann. Ceanglaíonn a súile-se de shúile Andy, iad chomh cosúil sin lena chéile is gur deacair ag Andy déanamh amach an aon phéire súl amháin atá ann nó an bhfuil an dá pheire i gceist dáiríre. Goirme na súl. Doimhneacht na súl. An é go bhfuil a shúile féin taobh istigh de na súile eile seo?

Athrú poirt anois ann, cé gur léir gurb é *Aslan* atá ag seinm an cheoil i gcónaí. Ach gan ach guth amháin le cloisteáil thíos faoi anois. Guth aonar Estelle a chloistear agus Gerardus ina thost. "Agus cé hé do Dheaide? Cé hé do Dheaide?"

Agus ansin an dara guth arís: "Mise mé féin do Dheaide, mise mé féin do Dheaide." Gerardus a chanann an babhta seo agus bogann Andy a dhearcadh ó Estelle chun breathnú ar an bhfear. A shútáin dubh bráthardha á leathadh féin ina bhrat dorchadais agus soilse an bhus agus Ciara agus uile á slogadh ag an duibhe. Andy in ann a íomhá féin a fheiceáil i ngloine spéaclóirí Gerardus ach, de réir mar a leathann sútán an bhráthar, laghdaítear ar a bhfuil le feiceáil ag an bpáiste agus cúngaítear an fhís go tobann no go ndíbrítear ar fad é.

Leis sin réabann carr mór dearg ar aghaidh as duibhe róba Gerardus agus Marc á thiomáint.

Cnaipí ciorclacha chliabhrach an tsútáin á radadh mar philéir san uile threo. Duine éigin i suíochán an phaisinéara sa charr ach ceo timpeall air a chloigeann sa chaoi is nach féidir le hAndy déanamh amach cé hé féin ar dtús. Ansin, de chasadh boise, ardaíonn an ceo agus feiceann sé gurb é Francie Brady - an *Butcher Boy* féin - atá ann, gáire leathan na diabhlaíochta ó chluas go cluas air. Andy ar foluain san aer i gcónaí agus baol ann go dtitfidh sé anuas ar an mbóthar díreach os comhair an chairr. É ag aireachtáil go bhfuil sé ag titim le dlús chun na talún ach tá an leaba féin ag imeacht uaidh agus an bóthar anois ina háit. Titim fhada, titim throm, titim thuaipliseach agus, leis sin, an toradh turraingeach céanna agus a bhíonn ar a leithéid i gcónaí. Bíííííp mhór fhada bhonnán an chairr. An dara bíp agus, de gheit, preabann Andy aníos go colgdhíreach sa leaba. É scanraithe scaollmhar ar phointe na dúiseachta. Teaspach an tseomra á bhrath bonn láithreach aige agus an uile ní ina ghirle guairle. Ach ansin, diaidh ar ndiaidh, an tuiscint chuige go bhfuil sé sa bhaile. É seo díreach mar a bhí nuair a bhí brionglóidí eile den chineál seo aige míle uair cheana.

Ach a fhios ag Andy nach í an bhrionglóid seo go baileach a bhí aige ar ócáidí eile. Mearbhall fós air agus é ina shuí siar sa leaba. Cuireann sé a lámh isteach faoin gcuilt féachaint an bhfuil aon fhliuchras ar an mbraillín íochtair. Aon rian de Mheiriceá Theas faoi chlúid ann? Níl, ná a dhath de. É á cheistiú féin an é Preab nó Andy atá mar ainm air. Preab a cheapann sé ar dtús ach, in imeacht chúpla soicind, tagann sé de thuiscint chuige gurb é géire na brionglóide a thugann sin le fios dó agus gurb é Andy atá air i gcónaí.

An solas ar lasadh anois agus loighic na haithne á himirt ar a smaointe aige. Cúlú ar an rásaíocht chroí nó go bhfuil buillí na cuisle nádúrtha go maith athuair. Andy ag iarraidh sonraí na brionglóide a scagadh. 'Cé hé do Dheaide?' chun a chuimhne anois, agus, ar a shála sin, glór agus éadan Gerardus ag freagairt na ceiste: 'Mise mé féin do Dheaide.' A fhios ag Andy gur seafóideach sin mar smaoineamh, gur meascán físeanna, meascán tarlúintí, meascán daoine is cúis le hainriocht na samhailte seo chuige. An iomarca rudaí móra ag tarlú dó in achar an-ghearr is cúis leis, síleann sé. Ról Chiara, ról Mhairc, ról Estelle san dúfhoca á mheabhrú anois aige - é á ríomh, chomh maith agus is féidir leis sin a dhéanamh.

An leaba tréigthe anois aige, rud a dhéanann sé i gcónaí i ndiaidh na dtromluithe. An gnáthnós á leanacht aige: citeal thíos, fallaing sheomra caite air agus an tine gháis ar lasadh cheana féin. Snáth na brionglóide á léiriú féin go tréan dó faoi seo: ceist na hatharthachta. Sin é is túisce agus is láidre a sheasann amach mar chuimhne. Iarracht láithreach aige ar an gceist chéanna a dhíbirt scun scan as a intinn.

Ceisteanna éagsúla eile ag teacht chuige agus é níos suaimhní cois na tine arís. Ceisteanna, b'fhéidir, ar mhaith leis a chur ar Estelle don chuid is mó. Iad le casadh ar a chéile arís i gceann seachtaine. Conas mar a bhí aici nuair a rugadh eisean? Cá raibh cónaí orthu? Céard a thug uirthi é a thréigean mar a rinne? Iad sin uile dá gcinnteofaí go hoscailte gurb í a mhátharsa í. Agus, ar ndóigh, ag pointe éigin, ceist na hatharthachta, ach chaithfí an ceann mór sin a fhágáil agus an t-am cuí lena cur a mheas go cúramach.

Andy beag beann ar uisce an chitil a bheith fiuchta tamall ó shin agus é ag fuarú ar feadh an ama agus eisean ag cíoradh na smaointe atá tagtha chuige. Manglam aisteach na brionglóide á roiseadh féin de réir a chéile agus an réasún in uachtar athuair. Sclugaíl uaidh anois nuair a chuimhníonn sé mar a phléasc an carr amach trí chliabhrach Gerardus.

Is ait leis Marc a bheith mar mhír den bhrionglóid ar chor ar bith, é sin, ach go háirithe nuair a chuimhníonn sé ar an ról pléascach a bhí aige ann. 'Sé Marc, b'fhéidir, an duine is lú dá bhfuil ar a aithne ag Andy a bhfuil an tréith sin ann. A mhalairt ar fad, go deimhin, atá fíor faoi. Bealach réidh an loighceora atá aige, gach aon ní tomhaiste réasúnaithe, díreach mar is dual do mhatamaiticeoir mar é.

Tiobraid Árannach é Marc ar éirigh Andy mór leis in imeacht an chéid chúpla seachtain den bhliain acadúil. De bhunús maith é - é inste aige do Andy le déanaí gur milliúnaí é an t-athair. Gnó mór aige i ndeisceart an chontae. Próiseáil déiríochta de chineál éigin ar siúl aige agus mórán taistil idirnáisiúnta i gceist leis. Mar sin a tharlaíonn do Mharc carr an athar a bheith aige ó am go chéile. Ach, d'ainneoin sin agus d'ainneoin árasán atá ceannaithe ag an athair i nDroim Conrach a bheith ar fáil do Mharc i rith na bliana acadúla, níl an blas is lú den éirí in airde air mar dhuine. É umhal ciúin mar dhuine agus é ag sclábhaíocht leis go

páirtaimseartha i gcistin an choláiste, díreach mar
atá Andy féin. Ceangal curtha air ag an athair
míonna an tsamhraidh a chaitheamh ag obair dó sa
ghnólacht. É luaite ag Marc le hAndy uair nó dhó
go mb'fhéidir go bhféadfadh sé post samhraidh a
fháil dósan freisin i gcomhlacht an athar. Shíl Andy
go mba dheas sin mar athrú suímh ceart go leor.
Ach, lena bhfuil tarlaithe le tamaillín anuas, níl a
fhios ag Andy conas mar a bheidh an saol aige faoin
am a thagann deireadh na scoilbhliana. Ar a
mhullach sin, ní dóigh leis gur mhaith leis a bheith
scartha ó Chiara ar feadh achair fhada mar sin.
Ach cá bhfios céard a thitfeadh amach in imeacht
an dá mhí den staidéar atá fágtha.

Caibidil a Naoi

Andy agus Ciara faoi dhraíocht ag na mallaird ag teacht go ciumhais an locháin agus ag imeacht leo arís a thúisce agus a chaithfeadh duine díobh leathmhám de na grabhróga aráin a rug siad leo lena naghaidh. Cinneadh déanta acu beirt gurb é a dhéanfaidis le linn do Mharc a bheith ar cuairt chuig a aintín ná seal a chaitheamh i nGáirdíní Mount Usher. Cúpla uair an chloig ansin dóibh agus bhaileodh Marc iad ar an mbealach aneas dó. Iad i bhfad ó thormán Bhleá Cliath agus gach a bhaineann leis. Deis acu a bheith le chéile agus deis chun go leor dá bhfuil ag titim amach le tamaillín anuas a phlé ar a sáimhín só.

"Is aoibhinn liom glaise a gcloigne agus an chaoi a mbíonn an ghrian ag spréacharnach orthu," arsa Ciara.

"Mmm," arsa Andy, agus cromann sé ar aghaidh ar an mbínse ar a bhfuil siad ina suí. "Cuma veilbhit orthu, dáiríre, nach bhfuil?"

Druideann Ciara ina threo agus cuireann a cloigeann ar ghualainn an fhir óig.

"Nár dheas é dá mbeadh gnéithe eile den tsaol chomh síochánta seo?" ar sí.

Mion-sclugaíl ag Andy. "Dá mbeadh an saol mar seo i gcoitinne, seans ann nach mbeadh meas madra againn ar an tsíocháin ar chor ar bith. Murach clampar níorbh ann don tsíocháin."

"Mmm!" ar sí, "b'fhurasta a aithint ort go bhfuil an Fhealsúnacht ar cheann de na hábhair ollscoile agat. Ar chaoi ar bith, cén chaoi ar éirigh leat inné?"

"Inné?"

"Sea, inné. Tá's agat, Dé hAoine - an choinne mhór, é sin nár theastaigh uait a phlé aréir."

"Ah, ar ndóigh! Go maith. Go han-mhaith is dóigh liom, dáiríre." Andy ciúin ansin, é ag iarraidh na smaointe a bhailiú le go mbeadh ord ceart aige orthu agus go gcuirfeadh sé i láthair ar bhealach tuisceanach iad. É de shíor ag iarraidh a bheith airdeallach ar Chiara a chosaint ar ghortú ar bith.

"An raibh sí mar a shíl tú go mbeadh sí?"

"Bhuel, bhí agus ní raibh. Chun na fírinne a rá, ní raibh a fhios agamsa céard leis le bheith ag súil. Shamhlaigh mé ar uaireanta go mbeadh sí ar dhóigh amháin agus ansin go mbeadh sí ar dhóigh éigin eile."

"Agus cé acu réamhghabháil a bhí ceart?"

"An dá cheann, ar bhealach, agus ní raibh ceachtar acu ceart ar bhealach eile. Estelle is ainm di, mar a d'inis mé duit an lá cheana, agus tá sí déanach go maith sna tríochaidí, déarfainn, nó go luath sna dachaidí ar a mhéid, cheapfainn."

"Tá sí óg go maith más ea. Agus cén chuma atá uirthi - go fisiciúil atá mé á rá?"

"Dathúil, déarfainn, nó measartha dathúil ar chaoi ar bith. Tá sí dubh, buí-chraicneach agus slachtmhar inti féin i gcoitinne, de réir mar a fheicimse. Cainteach go maith freisin, nó bhí ar ball nuair a chuir sí an gol di."

"Gol!"

"Sea, thosaigh sí ag caoineadh nuair a chasamar ar a chéile ar dtús. Is dócha go raibh sí féin amhrasach, faiteach faoi chastáil orm, mórán mar a bhí mé féin faoi chastáil uirthise."

"Bhuel, bheadh, ar ndóigh, a Andy. Agus pearsantacht?"

"Sea, tá pearsantacht aici," arsa Andy go magúil. É sna trithí gáire i ndiaidh dó sin a rá, é ag ceapadh go bhfuil sé an-chliste mar fhreagra.

"Há, há, há!" Tarraingíonn Ciara a ciotóig air agus buaileann é, mar dhea. "Cén sórt pearsantachta atá aici, a leibide?" Agus beireann

Andy uirthi agus druideann chuige í. Pógann siad a chéile go séimh mánla agus iad ag sú an atmaisféir atá ina dtimpeall. Ansin suíonn siad leiceann ar leiceann ag breathnú ar na mallaird tamall.

"Tá sí taitneamhach ina pearsantacht," ar sé tar éis tamaill.

"'S céard air a labhair sibh?"

"Caint ghinireálta a bhí againn don chuid is mó. Ise ag insint domsa go bhfuil cónaí uirthi ar an taobh ó thuaidh den chathair, mise ag insint díse cá bhfuil mé féin agus a bhfuil ar siúl agam agus mar sin de. Rudaí comónta den chineál sin don chuid is mó."

"Agus ceist an mháithreachais - ar ardaíodh sin ar chor ar bith?"

"Bhuel, níor ardaíodh, dáiríre. Sé sin, ní go hoscailte ar aon chaoi. Ach níl aon dabht orm ach gurb í mo mhátharsa í. Feicim mé féin ina héadansa, go fiú."

"Dáiríre! Agus níor ardaigh tú léi é!"

"Bhuel, bhí fonn orm nithe áirithe a rá, ach bhí fainic Orla na háisíneachta chun tosaigh i mo chuimhne ar feadh an ama. Seans go raibh fonn uirthi féin rud mar é a lua freisin ach is dócha gur cuireadh an fhainic chéanna uirthise chomh maith."

"Agus céard fúithise? Conas mar atá an saol aicise? Ar phós sí? An bhfuil cúram uirthi? An bhfuil p—"

"Go réidh, a Chiara, in ainm Dé. Tóg go bog é. Ní dheachaigh mé isteach sna gnéithe sin ar fad. Ní hé nach raibh mé fiosrach ach d'airigh mé, ar mhaithe liom féin - agus léise chomh maith, ar ndóigh - gur fearr é a thógáil go réidh go ceann scaithimhín. De réir mar a léirítear sinn a bheith ar an mbóthar ceart is féidir níos mó a phlé ach, ag an bpointe seo, is fearr a bheith caomhnach."

"Mmm! Is dócha é, ach dá mba mise a bhí i gceist bheinnse fiáin cíocrach ag iarraidh gach aon ní a fháil amach in aon gheábh amháin."

Éiríonn Andy agus druideann le ciumhais an locháin. Cé nach bhfuil sé ag diúltú do cheistiúchán agus d'fhiosracht Chiara, tá sé ag dul dian air, ar fáth éigin, méid na fiosrachta a sheasamh. Seans gurb é atá ann ná nach bhfuil a mharana déanta aige féin i gceart fós ar chastáil ar Estelle agus ar an gcaoi a ndeachaigh cúrsaí eatarthu. Na mallaird ag teacht ina threo cheana féin. Caitheann sé lán an doirn de ghrabhróga leo agus breathnaíonn orthu ag tumadh goib a gcloigne maorga isteach san uisce.

"Tá sé deacair, agus iad chomh ciúin síochánta sin, a cheapadh go bhfuil an oiread sin gusa agus gluaiseachta ar siúl faoi bhun an uisce, nach bhfuil?" ar sé.

"Céard é féin? Céard tá i gceist agat, a Andy?"

"Na mallaird. Ní cheapfá chun breathnú ar an aoibh shéimh atá orthu go bhfuil na cosa á n-oibriú go díograiseach dícheallach faoin uisce acu."

"Cén uair a bhfuil tú le castáil uirthi arís?" arsa Ciara, í beag beann ar a bhfuil ráite ag Andy.

"I gceann seachtaine."

"San áit chéanna, an ea?" Rian den bhfrustrachas ar thuin gutha Chiara an babhta seo. Í ar buile go gcaithfidh sí gach uile chuid den eachtra a tharraingt as.

"Níl a fhios agam, dáiríre. Níor shocraíomar áit, ach thug mé m'uimhir theileafóin di agus tá sí le glaoch orm lá éigin go luath sa tseachtain seo chugainn."

Fearg Chiara maolaithe beagán i ndiaidh do Andy freagra níos cuimsithí a thabhairt di an uair seo. B'fhéidir go bhfuil sí féin ró-mhífhoighdeach leis, síleann sí.

"Agus is dócha nár shíl tú mise a lua léi?" ar sí.

"Bhuel, mar a tharla, luaigh. B'fhéidir nár

luaigh mé d'ainmse, ach dúirt mé léi go bhfuil spéirbhean mar leannán agam. 'Nois, sin agat, agus céard déarfá leis sin?"

Ríméad le feiceáil ar éadan Chiara, amhail is gurb é atá san aitheantas seo uaidh ná ról éigin a dheimhniú di sa chuardach fada atá ar siúl ag Andy. É seo ar a eolas go rímhaith ag Andy agus é de thuiscint aige í a chur ar a suaimhneas faoin a bhfuil ag titim amach ina shaol.

"Nach bhfuil a fhios agat, a Chiara, a chroí, gur tú is tábhachtaí ar domhan dom?"

"Ach an mé, dáiríre?" ar sí, agus díríonn sí a súile móra mealltacha air.

"Tá a fhios agat go maith gurb ea."

"Níl ann ach gur theastaigh uaim é sin a chloisteáil uait. Ar uaireanta bíonn gá agam leis an ndeimhniú sin uait, an bhfuil a fhios agat."

"Gabh i leith anseo," ar sé. Éiríonn Ciara den mbínse, tagann chuige agus beireann siad barróg ar a chéile. Mar sin dóibh go ceann cúpla nóiméad nó go suíonn siad ar ais ar an mbínse athuair.

"Agus cén chaoi a bhfuil cúrsaí sa mbaile agaibhse le cúpla lá anuas?" arsa Andy.

"Bhuel, tá tuairim agam go bhfuil feabhas éigin ag teacht ar an scéal. Nuair a bhuail mé isteach abhaile aréir i ndiaidh an scannáin, bhí Sorcha romham agus an-aoibh go deo uirthi. Shíl mé ar dtús go gcaithfidh go raibh Mick tagtha abhaile ach, faraor, ní hamhlaidh a bhí. Ach mar sin féin, caithfidh go bhfuil cor éigin sa scéal mar bhí an-ghiúmar go deo uirthi agus í ar an dul céanna arís ar maidin."

"Tá súil agam go bhfuil an ceart agat agus nach fada go mbeidh socrú ar an scéal," arsa Andy.

"Nuair a d'inis mé di ar maidin go raibh mé ag dul go Gáirdíní Mount Usher in éineacht leat inniu, thosaigh sí arís á rá go gcaithfidh tú teacht ar cuairt chugainn agus mar sin de. Agus ní cuimhin liom í á rá sin oiread agus an uair amháin féin ó d'imigh Mick."

"Bhuel, feicimid faoi sin amach anseo. Cá bhfios nach ndéanfaidh mé sin go luath."

Gliondar le feiceáil i súile Chiara. De ghnáth is leis an bhfreagra diúltach i dtaobh dul ar cuairt chucu a bhíonn sí ag súil. Casadh taoide san aer, seans, agus cá bhfios céard a thiocfaidh leis.

Bonnán chairr á shéideadh ag geataí Ghairdíní Mount Usher a chuireann ar na mallaird deifriú go friochanta fraochta amach ó chiumhais an locháin a tharraingíonn aird na leannán ar a gcara a bheith tagtha len iad a bhailiú.

"Marc!" arsa Andy, agus deifríonn siad leo i dtreo an gheata.

Caibidil a Deich

Aoine. An tseachtain nach mór imithe i nganfhios d'Andy. An téip cheannann chéanna ar siúl i dtolglann an Skylon agus a bhí an tseachtain roimhe sin. *Bright Eyes* ina leoithne cheoil ann agus, cé nach bhfuil aon liricí leis, tá focail an amhráin ag cúrsáil trí inchinn Andy. Súile Chiara á meabhrú aige agus é faoi thionchar an cheoil; faoi thionchar na bhfocal.

Gan an oiread céanna neirbhíseachta ag baint le fanacht an lae inniu agus a bhí an tseachtain roimhe seo. Go deimhin, don chuid is mó, agus é ina shuí ansin, ní ar a chás féin atá sé ag smaoineamh ach ar chás Chiara. Casadh chun feabhais ina scéalsa le cúpla lá anuas, buíochas mór le Dia. É inste aici dó lá éigin i lár na seachtaine go ndearna Mick teagmháil le Sorcha agus go bhfuil siad le castáil ar a chéile am éigin go luath chun cúrsaí a phlé. An-aoibh go deo ar Shorcha ó shin, de réir mar a bhí ráite ag Ciara. Agus, cé nach eol do Chiara i gcónaí céard is bunús leis an easaontas idir an bheirt, airíonn Andy faoin rud ar scéal maith do Chiara é, gur dea-scéala dósan é chomh maith.

Ar ndóigh, ní hé nach bhfuil ceisteanna ina

intinn ag Andy i gcónaí faoina chás féin - tá agus raidhse díobh. Iad siúd a tháinig chuige i ndiaidh na céid coinne le hEstelle, táid ann de shíor, ach tá a fhios aige go n-ardófar agus go bhfreagrófar go leor díobhsan ar dhul nádúrtha, de réir mar a leantar den chomhrá agus den idirphlé. A fhios aige, leis, go mbeidh roinnt eile a d'fhéadfadh a bheith beagáinín beag níos casta - níos achrannaí, b'fhéidir. Ceist an tréigin, ceist na hatharthachta: b'fhéidir nach go ró-réidh a thabharfar soiléiriú orthu siúd, síleann sé. É ar an airdeall nach dtugann sé le fios do Estelle go bhfuil sé cúisitheach faoi rud ar bith. A fhios aige go gcuirfeadh diúltachas den chineál sin an-srian ar na féidearthachtaí. Ansin ritheann sé leis go gcaithfidh go bhfuil mórán ceisteanna ag Estelle féin le cur airsean chomh maith agus gur cóir dó aon chlaonadh chun oilc i bhfreagairt na gceisteanna sin a sheachaint.

Díbrítear gach smaoineamh ar cheisteanna agus achrainn nuair a fheiceann sé Estelle ag teacht isteach an doras. Le fonn agus díograis a ardaíonn sé a lámh le go bhfeice sí an áit ina bhfuil sé agus déanann sise caoldíreach ina threo. Seasann sé chun fáiltiú roimpi. Cathú air lámh a shíneadh chuici le go gcroithfidís ach airíonn sé ansin go mb'fhéidir go bhfuil sin ró-fhoirmeálta, ró-fhuar ar bhealach éigin, agus go mb'fhéidir gur mar eiteach a thuigfí sin. Gan a fhios aicise ach an oiread céard is cuí agus, ar deireadh, ní dhéanann siad ach seasamh os comhair a chéile go místuama nó go mbriseann gáire orthu beirt.

"Suigh —"

"Caifé —"

Den ala céanna a labhraíonn siad beirt agus beagán eile gáire arís ina dhiaidh.

"Beidh caifé eile agat, an mbeidh?" arsa Estelle, agus is leor an sméideadh cinn uaidhsin chun í a sheoladh i dtreo an bheáir. Ní himithe di nó go bhfuil sí ar ais arís taobh leis agus suíonn isteach ar an tolg bréidíneach.

"Béarfaidh sé chugainn é," ar sí.

"Go maith," arsa Andy.

Mionchaint acu beirt go ceann píosa, cúrsaí aimsire, cúrsaí nuachta, iad ag fiafraí dá chéile conas mar a bhí an tseachtain ag an gceann eile. Ansin taobhaíonn an chaint lena gcastáil ar a chéile seachtain ó shin. Estelle a ardaíonn sin.

"Bhuel, ar bhealach," arsa Andy, "bhí gliondar orm ina dhiaidh, agus, ar bhealach eile bhí mé míshocair ionam féin."

"Míshocair, a Robbie! Cén chaoi míshocair?"

Cathú air ar dtús a rá léi go gcuireann sé leis an míshocracht go bhfuil sí ag tabhairt Robbie air agus gurbh é ab fhearr leis ná Andy, ach ansin meabhraíonn sé dó féin céard is bunús leis an ainm cleite ó thús.

"Míshocair, is dócha, sa mhéid is go raibh sruthlú mór ceisteanna ag teacht aníos i m'intinn ar feadh na seachtaine."

"Ceisteanna!" ar sí. "Cén sórt ceisteanna?" Agus síleann Andy, a thúisce agus a deireann sí sin, go bhfuil rian an scaoill le sonrú uirthi - é sin go díreach nach dteastaíonn uaidh a chur uirthi. Níl a fhios aige an cóir dó a bheith iomlán fíreannach agus é á freagairt nó an cóir maolú éigin a imirt ar a bhfuil de cheisteanna i gcúl a chinn.

"Nithe faoi mo chúlra don chuid is mó," ar sé, é ag ceapadh go bhfuil sin ginireálta go leor le gur féidir léise é a mhealladh chun a thuilleadh a rá más é sin is áil léi. Tost tamall, tost a chuireann le místuaim Andy agus a chuireann air rud eile a rá a dhéanfaidh an teannas a laghdú, de réir mar a mheasann sé féin. "Tá a fhios agat féin, ceisteanna den chineál sin. Caithfidh go dtáinig roinnt mhaith ceisteanna aníos i d'intinn féin in imeacht na seachtaine chomh maith."

"Bhuel, tháinig, ceart go leor."

Faoiseamh do mheon Andy é an ráiteas sin uaithi. Airíonn sé go bhfuil cuid den ualach a bhfuil sé tar éis tarraingt air féin laghdaithe roinnt. Beartaíonn sé ligean leis féin agus dul sa tseans.

"Bhuel, is faoi sin atáimid, is dócha," ar sé. "Do rogha ceiste, más ea."

Aniar aduaidh ar fad a thagann sé uirthi leis seo agus níl a fhios aicise soicind an ann nó as di. Í ag breathnú air ar dtús agus ansin na súile á n-ísliú i dtreo an bhoirdín aici agus as sin ar ais chuigese arís.

"Ar aghaidh leat," ar sé, "do rogha ceiste. Rud ar bith is maith leat."

Tost arís eile agus Andy díreach ar tí iarracht eile a dhéanamh ar í a mhealladh chun cainte nuair a labhraíonn sí.

"Bhuel, maith go leor," ar sí go stadach. "Bhí mé fiosrach faoi do chos, más cuma leat mé á lua sin."

"Mo chos!" arsa Andy. "An bacadradh atá tú á rá, an ea?"

"Bhuel, sea. Ní fhéadfainn gan é a thabhairt faoi deara an lá cheana nuair a chuaigh tú ag an mbeár agus ina dhiaidh sin arís nuair a bhíomar ag fágáil na háite seo."

"Ar ndóigh! Is dócha go bhfeicfeadh an dall féin é, tá sé chomh suntasach sin," arsa Andy, a fhios aige, dá ainneoin féin, go bhfuil meascán den doicheall agus den chotadh á aireachtáil aige.

"Timpiste a tharla duit, an ea?"

Mothúcháin Andy ag pramsach ar chloisteáil na ceiste deirí seo dó, agus idir fhearg agus iontas le háireamh ina measc. Glacann sé cúpla soicind roimh fhreagairt dó, é ag súil leis gur leor sin chun nach ligfidh sé d'aon cheann de na mothúcháin sin a bheith ina mháistir ar a intinn.

"Sea, is dócha go bhféadfaí timpiste, de chineál, a thabhairt air." Tamall sosa soicind nó dhó. "Francach a rinne cnámh na leise a chreimeadh orm."

"Francach! Ach cén chaoi —"

"Francach. Nuair a fágadh mé. An áit inar fágadh mé agus mé i mo linbhín, is cosúil go raibh sé lán de fhrancaigh agus gur bheartaigh siadsan roinnt spóirt a bheith acu. Sin é a tharla do mo chos, sin é a tharla dó. Francach ar mhó a chiall ná ciall an naí óig a fágadh ann dó. An naí a tréigeadh. Céard a shíl tú —"

Cuireann Andy cosc ar a theanga sula gcailleann sé greim iomlán air féin agus cromann a cheann le teann náire. Dá ainneoin féin tá sé tar éis ligean don fhearg a mheoin a riarú. Ró-mhéid ar fad atá ráite aige, síleann sé. An t-aon rud amháin a bhí beartaithe aige gan a dhéanamh tá sé déanta aige. É seo uile ina ábhar frustrachais, ina ábhar feirge, ina ábhar fiosrachta aige ar feadh na mblianta. É ar cheann de na ceisteanna a bheadh aige féin do Estelle murach gurb ise a d'ardaigh ar dtús é, cé gur le soineantacht, de chineál, atá sin déanta aici. Is léiriú d'Andy é cé chomh hachrannach agus a bheidh an bóthar atá rompu má bheartaíonn siad leanacht dá thaistil. Cloigeann Estelle féin cromtha nuair a bhreathnaíonn sé ina treo arís.

"Gabh mo leithscéal," ar sé, "gabh mo leithscéal, níor chóir dom ligean don fhearg breith orm ar an dóigh sin. Maith dom sin. Níl ann ach —"

"Tá sé ceart go leor. Tuigim duit, tuigim duit. Ní raibh a fhios agam." Agus, leis sin, briseann an caoineadh uirthi agus déanann sí a héadain a phlúchadh ina dá lámh.

Estelle corraithe. Í ag smeacharnach léi ansin os comhair Andy agus eisean ag aireachtáil gurb eisean is cúis len í a chur trína chéile. Agus, ar bhealach, is é, cé nach é seo ar chor ar bith an toradh a bhí uaidh nuair a thosaigh sé ar an gceist a fhreagairt. Ní hionann seo agus an caoineadh a tháinig uirthi seachtain ó shin nuair ba lú ar fad a n-aithne ar a chéile. Ní hé go bhféadfaí a rá go bhfuil aon aithne ar bhonn ceart acu ar a chéile fós ach tá an chéad chéim thart agus tá siad anois ag an bpointe ag a bhfuil siad - pé pointe é féin.

Maolú anois ar smeacharnach na mná agus cuireann Andy lámh lena huilleann mar thaca léi. "Ceart go leor?" ar sé. Croitheann sí a ceann, í ag tabhairt le fios dó go bhfuil deireadh an taoma á chur di aici. Duibhe *mascara* spréite go smúiteach faoin dá shúil uirthi agus corr-dheor ag drithliú leis ina shruth liathdhubh an leiceann síos. Ardaíonn sí ciarsúr leis an sileadh agus nascann a súilese le súile Andy. Briseann miongháire ar a béal. "Anois, céard déarfá le ceisteanna?" ar sí, agus airítear dríodar an smeacharnaigh ar a glór.

"Céard déarfá leo, go deimhin!" arsa Andy.

Tost arís eile agus místuaim an tosta leis.

"Níorbh é a theastaigh uaim tú a thréigean ar an dóigh sin," a thosaíonn sí gan choinne. Rian den smeacharnach ar a glór agus í i dtús a cainte. A súile dírithe ar chlár an bhoird atá os a comhair. Aniar aduaidh ar fad a thagann an ráiteas seo ar Andy. Aniar aduaidh a thagann sé uirthi féin, go deimhin, arae, is faoi ghreim ag na mothúcháin atá sí seachas loighic nó réasún ar bith. Tuigeann sé láithreach gurb é seo an chéad aitheantas deimhnitheach uaithi gurb í a mhátharsa í; gurb eisean a macsa. Cathú air cur isteach uirthi ach tuigeann sé gur fearr i bhfad é ligean di nó go mbíonn deireadh ráite aici. "Rinne mé mo dhícheall tú a fhágáil in áit a dtiocfaí ort go héasca. Gan ach nóiméad ar a mhéid idir an t-am a d'fhág mé ann tú agus an dá ghlaoch a chuir mé: an chéad ghlaoch ar an ospidéal agus ansin glaoch ar na gardaí. Agus d'fhan mé. Agus d'fhan. Mé i mo sheasamh ag coirnéal na sráide agus mo chroí i mo chliabhrach istigh á stróiceadh as a chéile ag a raibh déanta agam. Cathú orm rith ar ais agus tú a fháisceadh agus a phógadh agus a bhreith ar ais arís liom. Ach mo chiall á rá liom gur leithliseach a bheinnse dá ndéanfainn sin. Céard chuige a bhéarfainn tú? Árasán aon seomra a raibh an taise ag sileadh de na ballaí ann lá agus oíche; áit bhrocach a raibh aon tine bheag amháin gáis ann ach gan d'airgead agamsa an lasair féin a chur faoi don chuid is mó. Tú fágtha i d'aonar 's d'oíche chun go dtuillfinnse na pingneacha ar an aon bhealach a bhí ann dom ag an am agus gan ach an beagán de sin féin á fháil agam nuair a bhainfí sciar an fhualáin as."

Stadann Estelle den chaint go tobann. Rómhéid atá ráite aici cheana féin, síleann sí. Í ag smeacharnach beagán i gcónaí ach, ar a laghad, tá an méid atá ráite curtha di aici agus ní gá é a rá riamh arís eile. Andy ciúin. Trua a airíonn sé di thar aon ní eile. É sin agus náire: náire gur chuir sé uirthi é seo a nochtadh dó ar an dóigh seo. Ach cén dóigh eile a bheadh ann? Í á nochtadh féin, á humhlú féin, á náiriú féin leis an insint sin.

Iad beirt ina dtost anois. Súile Estelle íslithe i gcónaí. Intinn Andy dírithe ar a ndúirt sí faoi thuilleamh na bpingneacha agus, ach go háirithe, ar an tagairt úd do sciar an fhualáin. A shúile féin faoi bhriocht ag ceo na díchreidmheachta. Sé an t-aon chiall is féidir leis a bhaint as a bhfuil cloiste aige ná gur striapachas atá i gceist ag Estelle. An é

go bhfuil sí ag iarraidh cur in iúl dó gur as sin a
tháinig sé féin? Ní fhéadfadh sé gurb é sin é. Ná
habair gurb ea. Nár lige Dia gurb amhlaidh atá.
Ardaíonn siad beirt a súile ag an am céanna agus
nascann a ndá ndearc dá chéile. Tuigeann Estelle
ar an bpointe a bhfuil ina intinn ag Andy. É ar
bharr a theanga, b'fhéidir - cá bhfios?

"Ó, ní hea. Ní hin é ar chor ar bith é. Ní hin
a tharla ar chor ar bith, dáiríre."

Deimhnitheacht ina caint aici, síleann Andy,
ach amháin san 'dáiríre' úd ag an deireadh. Cuma
na leimhe air mar fhocal nuair a tháinig sé go
ruballach as a béil. Gan aon chuma na dáiríreachta
air ar chor ar bith d'ainneoin ciall an fhocail féin.
A mhalairt ar fad de rian a bhí air thar rud ar bith
eile. Rian an amhrais, rian na rúndachta. A fhios
ag Andy go mb'fhéidir go bhfuil fírinne ann mar
ráiteas ach go bhfuil fírinne eile fós sa rud nach
bhfuil iomlán ráite.

"M'athair?" arsa Andy go lom.

"Ó, ní hea, níor duine díobhsan é." Í dána
daingean sa ráiteas an babhta seo. Ní dhéanann
Andy ach stánadh uirthi. Dearmad iomlán déanta
aige ar chomh corraithe agus a bhí sí cúpla nóiméad
ó shin; ar an trua a d'airigh sé di agus í ag

smeacharnach ansin os a chomhair; ar an rún a rinne sé gan í a bhrú - gan í a bhrú, ach go háirithe ar an dóigh atá anois á dhéanamh aige.

"Ní raibh ann ach rud gearrshaolach. Ní rabhamar pósta ná a dhath ar bith mar sin. A thúisce agus ar léir tusa a bheith ar an mbealach bhí deireadh leis sin."

"Ghlan sé leis, an ea?"

"Bhuel, d'fhan sé sa chathair ach bhí deireadh le gach teagmháil eadrainn ar feadh..." Stopann Estelle soicind. "Ba shin deireadh le gach teagmháil eadrainn," ar sí, agus cuma na deimhneachta úd a léirigh sí ar ball air sin mar ráiteas.

Andy ciúin go ceann scaithimh fós eile. A bhfuil cloiste aige á chíoradh ina intinn aige. Ise os a chomhair go sceitimíneach, gan a fhios aici an pléascadh nó eile atá ar tí titim amach.

"Agus m'ainmse?" ar sé.

"D'ainm?"

"Sea, mo shloinne. Tá mé le seacht mbliana déag - ón uair a tugadh isteach faoi chúram mé - ag dul thart ag tabhairt Jennings orm féin toisc gurb é sin a caitheadh liom mar ainm san dílleachtlann 's gan a fhios agamsa ar feadh an ama nárbh fhearr sin ná ainm ar bith eile." Fearg i gcaint Andy ach ní fearg í nach bhfuil smacht éigin aige uirthi an triall seo. "Céard é mo shloinnese?"

"Berger," ar sí.

"Berger! Ainm Gearmánach?"

"Sea - an t-ainm féin, is dócha gur sloinne Gearmánach ó thús é, ach is Bleá Cliathach tríd is tríd tusa."

"Bhailigh sé leis, más ea - m'athair!"

"Bhailigh." Na súile íslithe aici agus í á rá sin.

"Agus céard faoi do mhuintir féin - do Mham agus do Dhaid? Mo Mhamó agus mo Dhaideo-se, is dócha! Céard fúthusan? An dtáinig siad i gcabhair ort san am?"

Na deora go hard sna súile ar Estelle arís eile. É dian ar Andy a bheith ag breathnú uirthi agus í corraithe ar feadh an ama. Trua aige di ach tuigeann sé san am céanna gur ceisteanna iad seo a chaithfear a chur luath nó mall agus go mb'fhéidir gur fearr i bhfad iad a chur anois ná a bheith ag fanacht ar am éigin eile. A súilese íslithe aici i gcónaí.

"Bhásaigh m'athair is gan mé ach aon bhliain déag d'aois. Ansin d'éag mo mháthair tamall gearr i ndiaidh mo chúigiú bhreithlae déag. Mé seacht mbliana déag d'aois nuair a rugadh tusa. É sin tar éis dóibh mé a thógáil ar altramas..." Stopann sí soicind chun iarracht a dhéanamh ar an tocht atá ag ardú ina cliabhrach agus ina scórnach a chur di. "Sa dílleachtlann a chaith mé féin an chéad sé bliain de m'óige nó gur thóg siadsan ar altramas mé."

A Chríost, síleann Andy. An tuiscint chuige nach raibh cás a tógála mórán níos difriúla ná mar a bhí aige féin. Rud a leanann de féin, síleann sé. Go deimhin, a fhios sin go maith aige ón mbeagán staidéir atá déanta aige ar chúrsaí altramais sa chúrsa Socheolaíochta ar an gColáiste. Fáinne fí, gan aon agó. Agus féach, go fiú, síleann sé, an duine a roghnaíonn sé féin mar leannán - Ciara - gur duine í sin a tógadh ar altramas freisin.

Druideann Andy ina treo ar an tolg agus teannann sise leis-sin chomh maith. Leagann sé a dheasóg anuas ar chiotóg Estelle, áit a bhfuil sin ar chlár an bhoird aici agus leanann a súile fad an dá ghéag aníos nó go nascann siad dá chéile athuair. Na deora go hard ina súile beirt an uair seo. Cuireann siad a lámha timpeall ar a chéile agus beireann barróg fhada an chéileachais ar a chéile. Iad beirt i dtearmann clainne athuair. Cloigeann Estelle ar ghualainn chlé Andy agus a chloigeannsa ar ghualainn na mná nuair a scaoileann sise osna aisti.

"Ó, a Aindriú!" ar sí, agus fáisceann sí níos daingne chuici é.

'Aindriú', ní 'Robbie' atá ráite aici. Leathnaíonn súile Andy i logaill a chinn ar chloisteáil seo dó agus, de splanc, tagann samhail de bhraisléad beag airgid chuige agus a ainm baiste deartha go hornáideach air. 'Andriú'. Agus sloinne anois aige ar féidir leis a cheangal leis. A fhios aige snaidhm an chéileachais a bheith aimsithe acu athuair. 'Andy Berger' a shíleann sé, agus airíonn go bhfuil rithim áirithe agus siméadracht ar leith ag gabháil leis mar ainm. Dhá fhocal simplí ar tábhachtaí dó iad ná mórán aon dá fhocal eile ar féidir leis a thabhairt chun cuimhne. Agus dhá fhocal eile anois chuige: iad ionúin leis, iad greanta ar a intinn chomh fada fada sin siar gur deacair dó ar deireadh a shamhlú go dtiocfadh an lá go bhféadfadh sé go fiú smaoineamh ar iad a rá. Fonn air iad a rá amach ach gan an cumas sin ann go fóill. Tiocfaidh sin in imeacht ama, b'fhéidir, ach, go fóill beag, i gciúine na hintinne céanna, ní féidir leis ach a bheith ag ealaín leo mar fhocail. Maonaithris a dhéanann sé ar na focail: 'A Mham'.

Caibidil a hAondéag

Maidin Dé Luain, an chéad lá de Bhealtaine. An deireadh seachtaine curtha de ag Andy ag smaoineamh ar chomhrá an Aoine le hEstelle agus ar céard é is ciallmhaire mar chéad chéim eile. Nuair a leanadh den chaint Dé hAoine i ndiaidh dóibh beirt guaim a chur orthu féin tar éis dóibh ceist an athar a fhágáil, labhair Estelle níos mó ná mar a rinne sí cheana ar a fear céile agus ar an iníon a bhí acu. Fear lách a ghlac sí chuici, ar sí, ní hionann agus an taithí a bhí aici go dtí sin. Iad sona sásta don chuid is mó. An iníon go maith sna déaga faoi seo, dúirt sí. Deirfiúr ag Andy! Nó leas-deirfiúr chun a bheith cruinn faoin scéal. Ach, ach an oiread leis an uair cheana ar luaigh sí an leas-deirfiúr, is beag ar fad an aird atá tugtha ag Andy ar an ngné sin den scéal go fóill. Cás an athar atá ag dó na geiribe air thar gach ní eile ó shin.

Gan casta aige ar Chiara thar an deireadh seachtaine. Gan acu ach an comhrá teileafóin nuair a ghlaoigh sí air i lár an lae ar an Satharn. Clampar tráchta lasmuigh den bhosca ar feadh an ama a rinne deacair é gach a bhí á rá aici a chloisteáil, ach thuig sé uaithi, ar a laghad, go raibh comharthaí feabhais ann maidir lena deacrachtaí féin. É le castáil uirthi tráthnóna ach ní air sin don chuid is mó atá sé ag smaoineamh ag an bpointe seo ach ar a bhfuil díreach ar a aghaidh amach.

Andy faoi gheasa os comhair scáileán an ríomhaire in Oifig Chlárúcháin Theach an Chustaim. É ag déanamh iontais de go bhfuil éirithe leis a chomhad féin a oscailt air; é ina mhíorúilt, síleann sé, go bhfuil comhad a bhaineann leis ar an ríomhaire ar chor ar bith.

Berger, Andrew Liam: Dáta Breithe: 13 Eanáir 1981.

Gan a fhios aige cén chuid den eolas seo is mó is cóir dó a bheith faoi dhraíocht aige. An 'Berger' ar eolas aige cheana féin, ar ndóigh, cé go gcorraíonn sé ar bhealach éigin é é a fheiceáil cláraithe mar atá ar chomhad oifigiúil de chuid rialtas na tíre. Agus mórán an drithliú sceitimíneach céanna á chur tríd nuair a fheiceann sé an dáta ann chomh maith, d'ainneoin sin a bheith inste ag Estelle dó ag deireadh na tréimhse deireanaí úd sa Skylon. Agus 'Liam'. Is maith leis sin. Níor smaoinigh sé riamh faoin dara ainm baiste a bheith air. Seans gurb é sin ainm an athar chomh maith. Nó b'fhéidir gur Andrew a bhí air sin agus gurbh é sin ba bhunús le hAndrew a thabhairt air féin.

Breathnaíonn sé ar an treoir-bharra ar bharr an scáileáin agus aimsíonn 'Ainmneacha na dTuismitheoirí' air. Clic ar an luchóigín agus athrú leathanaigh ar an scáileán. Rogha anois aige 'Ainm an Athar' nó 'Ainm na Máthar' a thógáil. Clic eile ar 'Ainm an Athar' agus leathanach eile á léiriú féin os a chomhair. Ach é bán! An cursor á rith ó thaobh go taobh agus suas síos aige ach gan a dhath le h-aimsiú ar an leathanach ach an bháine. As sin agus ar ais ag 'Ainmneacha na dTuismitheoirí'. Isteach leis ar shonraí na máthar: *Berger, Estelle Marie*. É dall ar shonra ar bith eile ar an leathanach seo ach ar an ainm féin. Berger! Feictear dó go bhfuil ainm an athar curtha isteach de thimpiste acu le sonraí na máthar. Seic eile ar leathanach an athar agus deimhníonn báine an leathanaigh sin arís dó é. Déanfaidh sé cabhair a lorg ag an gcuntar.

"Anois, cén folio a bhí uait?" a fhiafraíonn duine de chléirigh na hoifige de, í féin ina suí os comhair an ríomhaire anois agus Andy ina sheasamh taobh léi. Í tar éis pé gnó a bhí idir lámha aici taobh thiar den chuntar a thréigean chun teacht i gcabhair ar an bhfear óg. Míníonn Andy an scéal di, é á rá nach bhfuil aon fhadhb aige le húsáid an phacáiste ach nuair a bhrúnn sé an cnaipe áirithe sin chun eolas a fháil faoina athair nach bhfuil ann ach an scáileán bán. Baineann sí féin triail as agus gan de thoradh ar an gcuardach ach an bháine chéanna.

"Hmmm!" ar sí. Sciúird sciobtha as an leathanach ar a bhfuil sí, brú ar chnaipe eile agus léiriú bosca ann. Déanann sí an leid 'Sloinne an Athar?' a chlóbhualadh sa bhosca agus fanann cúpla soicind. Leis sin, aníos ar an scáileán tagann an t-eolas chucu: *Gan aon sloinne cláraithe.*

"Brón orm, ach níl ainm an athar cláraithe," ar sí.

"Bhuel, feicim sin, ach 'sé atá mé ag iarraidh cur ina luí ort ná go bhfuil dearmad déanta agaibh. Má bhreathnaíonn tú ar shonraí na máthar, feicfidh tú go bhfuil sloinne an athar curtha isteach ansin de thimpiste.

Isteach léi sa chuid sin den chomhad. "Berger," ar sí. "Tá tú a' rá liom gurb é Berger sloinne an athar, an ea?"

"Sea."

"Agus an bhfuil an Estelle agus an Marie seo ceart?"

"Tá."

"Agus céard é sloinne ceart na máthar, más ea?"

Andy i bponc anois. Gan a fhios aige cén sloinne atá ar Estelle. Ní cuimhin leis an cheist sin a chur uirthi, go fiú, cibé pé diabhal a bhí air ag an am. Gnúsacht uaidh ar meascán de gháire agus osna é. "Níl a fhios agam, chun na fírinne a rá."

Í féin ag obair go dícheallach cheana féin, an boiscín úd aimsithe arís aici agus ceist á clóbhualadh isteach ann: 'Sloinne na Máthar?' Andy ar cipíní. Gluaireán nó dhó as ionathar an ríomhaire agus aníos leis an bhfreagra: Berger.

"Brón orm, ach tá an sloinne ceart don mháthair againn ach níl aon eolas againn ar céard is sloinne don athair." Í ar tí imeacht léi nuair a chuimhníonn Andy ar ghné eile den scéal.

"Agus ar an teastas féin, an mbeidh sloinne an athar air sin?"

"Bhuel, ní fhéadfadh a bheith, dáiríre, mar is ar bhunús an eolais atá ar chomhad an ríomhaire a scríobhaimid an teastas sa lá atá inniu ann, an dtuigeann tú? An é go bhfuil teastas uait?"

"Bhuel, tá, dáiríre. Sin é is bunús leis an gcuardach seo agam."

* * * *

"Tá sé spéisiúil, ceart go leor," arsa Ciara. "Agus an bhfuil tú ag rá gur dearmad é a rinne lucht clárúcháin leis an eolas nó an é nár tugadh an t-eolas dóibh an chéad lá riamh?"

Andy ar tí í a fhreagairt nuair a thagann an freastalaí chucu leis an bpizza. Bailíonn sé an teastas breithe isteach chuige, suíonn siar ar an gcathaoir agus ligeann di an béile agus a bhfuil de ghiúirléidí agus sceanra ag dul leis a chur ar an mbord. Ansin imíonn sí léi arís.

"De réir cosúlachtaí níor tugadh an t-eolas do na húdaráis nuair a bhí an bhreith á clárú. Ní hamháin nach bhfuil sé ar an ríomhaire ach, nuair a d'fhiafraigh mise cad as a dtáinig an t-eolas atá ar an ríomhaire acu, chuaigh an bhean siar sa seanleabhar clárúcháin as ar baineadh na sonraí agus níl aon fhianaise d'ainm an athar ansin ach an oiread."

"Aisteach!" Ach tá tú le castáil ar Estelle arís lá éigin an tseachtain seo, nach bhfuil?"

"Tá. Ar thráthnóna Dé Céadaoin."

"Bhuel, níl ansin ach arú amárach. D'fhéadfá, b'fhéidir, an scéal a fhiosrú léise ansin. Déarfainn go bhfuil míniú an-simplí ar fad air.

"Mmm!" arsa Andy, 's gan é a bheith soiléir an comhartha amhrais, tuirse nó eile é sin air.

"Agus an uile ní ráite, nach bhfuil an chuid is deacra ar fad den iarracht curtha díot agat faoi seo?"

"By daid, nach tú atá bíogúil dearfach faoi chúrsaí an tsaoil inniu!"

"Tá, tá agus tá arís eile, agus an bhfuil a fhios agat cén fáth sin? Measaim go bhfuil Mick agus Sorcha ar bhóthar an réitigh. Bhí Sorcha amuigh tráthnóna Dé hAoine agus arís eile ar an Satharn agus is dóigh liom gur ag castáil ar Mick a bhí sí. Bhí sí cineál traochta, ach sásta mar sin féin, nuair a d'fhill sí abhaile ar an Aoine agus ansin, ar an Satharn, nuair a tháinig sí isteach, ní fhéadfadh sí a tost a choinneáil ach a fhógairt go mbeadh Mick chugainn le haghaidh an tae ar Chéadaoin na seachtaine seo."

"Dea-chomhartha, go deimhin, déarfainn," arsa Andy, nuair atá an rabharta spleodrach cainte curtha di ag Ciara. "Tá an-áthas go deo orm é sin a chloisteáil. Gach cosúlacht ann go bhfuil dul maith faoin uile ní dúinn go léir i láthair na huaire."

"Sin é anois é an dearcadh ceart, a bhuachaill, agus bíodh an diabhal ag gach diúltachas feasta."

"Bíodh, go deimhin," arsa Andy, agus ardaíonn sé an ghloine *Ballygowan* agus déanann é a chnagadh in aghaidh ghloine Chiara.

"Aon mhí amháin eile agus beidh tús leis," arsa Ciara.

"An Ardteist atá tú á rá anois!"

"Céard eile ach é! Agus ina dhiaidh sin saoirse. Saoirse an tsamhraidh. Saoirse againn chun go leor a dhéanamh nach féidir smaoineamh air go fiú i rith na scoilbhliana. Buíochas mór le Dia go bhfuil sé gar do bheith thart."

Cuimhníonn Andy láithreach ar an tairiscint a luaigh Marc leis tamall siar faoin bhféidearthacht a bheadh ann dó post samhraidh a ghlacadh i ngnólacht a athar i dTiobraid Árann. Seans go mbeidh air glacadh leis chun airgead a charnú don bhliain staidéir atá le teacht. Rachaidh sé dian air a bheith scartha ó Chiara ach baol ann nach mbeidh aon dul as aige. É ar tí é a lua nuair a bhriseann Ciara isteach ar an smaoineamh air.

"Agus dea-scéala eile agam duit." Í gliondrach agus í á rá sin.

"By daid, ní hann nó go hann go hamplach é," ar sé.

"Tá m'intinn déanta suas agam faoin mbliain

seo chugainn. Ní fhéadfainn a bheith imithe uait ar feadh achair fhada. Tá mé chun an cúrsa san Eolaíocht Shóisialta a ghlacadh i mBelfield." Na súile ag damhsa go háthasach i gcloigeann Chiara agus í á fhógairt sin, agus í anois ag breathnú ar Andy féachaint cén chaoi a nglacann sé leis mar scéal.

Leathann meangadh an áthais ar bhéal Andy. An-scéal go deo, síleann sé. Cén chaoi a bhféadfadh sé an deis oibre i dTiobraid Árann a lua díreach ina dhiaidh sin? "Bhuel, dea-scéala go deimhin," ar sé, agus síneann sé é féin trasna an bhoird agus pógann go bog í.

Caibidil a Dódhéag

An Chéadaoin. Tráthnóna. Tolglann an Skylon athuair.

"Ach níl aon ainm ar an teastas, an dtuigeann tú?" arsa Andy le hEstelle. "Féach anseo, áit a bhfuil spás do shonraí ainm an athar, níl rud ar bith líonta isteach air."

Ise ina tost agus í ag ligean d'Andy a bheith ag cur de faoin teastas breithe atá oscailte os a gcomhair ar chlár an bhoird. Gan a fhios aici céard é is fearr a rá ach tuigeann sí nach leor an tost chun an mac seo léi a shásamh a thuilleadh. Í faiteach roimh an méid a thuigeann sí faoi shaol Andy nach bhfuil admhaithe aici dó ó chas siad ar a chéile. É dona go leor go raibh sé blianta fada ar an aineolas faoina bhunús féin ach, de réir mar atá aithne curtha aici air le roinnt seachtainí anuas, tuigeann sí go mbeidh iomlán na fírinne níos deacra air ná mar a shamhlaigh Andy riamh é agus é ag tosú isteach ar an gcuardach seo i ndiaidh a bhunúis. Tá a fhios aici féin chomh dian agus atá go leor den tuiscint atá tagtha chuicise ag dul uirthi. Ach, dá mbeadh a fhios aigesean fíor-chastachtaí an scéil seo, castachtaí nach mbaineann lena bhunús ach a bhaineann le tarlúintí a thit amach sna blianta ina dhiaidh, seans ann go n-éalódh sé uaidh le fonn, seachas aghaidh a thabhairt ar a bhfuil i ndán anois dó.

"Broineach is ea d'athairse, as lár na cathrach," ar sí, go lom. Snadhmaíonn a súile dá chéile.

"Broineach!" arsa Andy. "As lár na cathrach!" Tuin gutha air agus é á rá a chuireann in iúl di nach mórán de chur ar an eolas é sin dó. É ag ealaín leis an gcaoi a luíonn 'Ó Broin' leis an ainm Andy. Gan é i dtaithí go fiú ar an mBerger úd, atá nua-chloiste an lá cheana aige, a chur in áit an Jennings agus anois tá athrú eile fós air sin mar scéal. Cloigeann Estelle íslithe aici agus í ag éisteacht leis nó go bhfuil deireadh ráite aige.

"Sea," ar sí. "Leaid comharsanach liom féin ab ea é agus mé ag fás aníos. Ar feadh achair i lár na ndéagbhlianta bhíomar mór le chéile - ró-mhór le chéile ar uaireanta, b'fhéidir, d'fhéadfaí a rá." Cé go bhfuil an cloigeann íslithe i gcónaí aici agus í ag caint, breathnaíonn sí aníos faoi na malaí air agus an chuid dheireanach de seo á rá aici.

"Agus dúirt tú an lá cheana gur fhan sé sa chathair i gcónaí mar sin féin?"

"Sea, d'fhan." É soiléir d'Estelle céard tá ar tí titim amach anseo agus go bhfuil an chaint á stiúradh i dtreo arbh fhearr léise a sheachaint.

"Agus cá bhfuil sé, más ea? Cén t-ainm baiste atá air? Céard a bhíonn ar bun aige?" Ceist i ndiaidh ceiste á radadh as a bhéal ag Andy mar a bheadh a mhéar fágtha ar thruicéar mheaisínghunna aige. Gach aon cheist díobh ag cur arraing trí chroí Estelle agus a fhios aici i gcónaí go bhfuil i bhfad Éireann níos measa ná mar atá ráite le hinsint aici dó. Í go mór in amhras anois faoin gciall a bhí le freagra a thabhairt an chéad lá riamh ar litir úd na háisíneachta; í ag ceapadh go mb'fhéidir gurbh fhearr i bhfad don uile dhuine é dá gcoinneodh sí a rún. Ach ní raibh impleachtaí iomlána an ghnímh sin ar a heolas aici nó gur chas sí ar Andy agus gur thosaigh sonraí a scéalsa á léiriú féin di. Go dtí an uair ar thuig sí go díreach cé hé féin. Anáil mhór á tarraingt go domhain isteach sna scámhóga aici agus í ag iarraidh guaim a choinneáil uirthi féin.

"Ní thig liom é seo a láimhseáil ag an bpointe seo, a Aindriú."

Iomlán an ainm Aindriú ag cur as dó nuair a chloiseann sé uaithi é an babhta seo. Fonn air tabhairt fúithi faoi gur Andy a thugtar air. Ach éiríonn leis an cathú sin a cheansú. A fhios aige nach aon mhaith a dhéanfadh sé dá gcuirfí leis an teannas atá ann cheana féin.

"Ach nach é seo go díreach an t-am is fearr dúinn chun an uile ní a shoiléiriú?" ar sé, agus, d'ainneoin rún a bheith déanta aige gan an bloc a chailliúint, aithníonn sé féin go bhfuil giorraisce éigin le brath ar na focail uaidh.

"Ach, a Aindriú, tá seo dian ormsa freisin, agus tá strusanna eile ormsa faoi láthair nach bhfuil aon chur amach agatsa orthu. Níor mh—"

"Fan soicind," arsa Andy go grod, é níos mó ar buille anois i ngeall ar an dara 'Aindriú' a bheith ráite ag Estelle, agus ina dhiaidh sin arís an ráiteas seo faoi strusanna a bheith uirthi. "An é go gceapann tú nach bhfuil strusanna ormsa leis seo? Tá mé naoi mbliana déag d'aois agus is ag an bpointe seo i mo shaol atá mé ag fáil amach don chéad uair cé mé féin. Agus tá tusa ag tathant orm a bheith—"

"Le do thoil, a Aindriú—"

"Agus ní *friggin'* Andriú atá orm, ach Andy, agus mura féidir leat é sin a láimhseáil b'fhearr duit leanacht d'úsáid an Robbie sheafóidigh sin a mhol lucht na háisíneachta dúinn cloí leis go ceann tamaill." Binib sa tuin cainte an babhta seo agus é anois ag stánadh go dian ar Estelle. A súile-se dírithe ar dhromchla an bhoird atá eatarthu agus a hintinn ag rásaíocht ar nós an diabhail. Ní fhéadfadh sí an uile ní a nochtadh dó ag an bpointe seo. É dona go leor nach bhfuil a fhios aige nach Estelle atá uirthi ar chor ar bith le blianta fada anuas. Í ar a dícheall athphearsanú a dhéanamh uirthi féin ar an uile bhealach i ndiaidh di Andy a thréigean mar a rinne. É ar cheann de chéimeanna deireanacha an athphearsanaithe sin a h-ainm féin a thréigean nuair a casadh a fear céile uirthi. Bailíonn sí í féin agus réitíonn chun iarracht ar réasúntacht a chur i bhfeidhm ar an gcaidreamh.

"A Aindr - Andy, tá seo rud beag ró-dhian orm ag an bpointe seo. B'fhéidir go bhféadfaimís—"

"Ara, b'fhéidir dada," arsa Andy. Ina ghlam a eisíonn sé na focail agus baineann riteacht an ráitis siar as an mbean bhocht. "B'fhéidir gur fearr gan leanacht den tseafóid seo ar chor ar bith," arsa Andy, agus seasann sé agus tosaíonn ar a chasóg a chur air. "Faraor géar gur bhac mé leis an iarracht an chéad lá riamh. B'fhearr i bhfad dúinn beirt é mura leagfaimís súil ar a chéile ar chor ar bith," ar sé, agus é ag cur arraing i ndiaidh a chéile trí chroí na mná. Stacán déanta d'Estelle ar an láthair. An béal ar leathadh uirthi agus í fanta ina suí ansin ag breathnú ar Andy ag bailiú leis an doras amach.

Caibidil a Trí Déag

"Buinneach air!"

Alltacht ar Chiara ag ceann eile na líne agus í ag éisteacht le hAndy. Is cuimhin léi mar seo é uair amháin eile cheana. Mallacht i ndiaidh a chéile aige le cúpla nóiméad anuas agus é ag míniú di faoi mar a ndeachaigh an cruinniú sa Skylon an tráthnóna roimhe sin.

"Bíodh aici más ea. Níl mise chun mo thóinín beag Gaelach a chorraíl san iarracht feasta. Na *friggin* blianta caite agam i nduibheagán an aineolais agus tar éis domsa an uile iarracht a dhéanamh, idir fhiosrúcháin agus chuardach agus eile, deirtear liom nach féidir an sonra is bunúsaí ar fad a insint dom. Sonra a bhfuil sé de cheart agam a bheith ar an eolas faoi! Bhuel, bíodh an diabhal aici."

"Tóg go réidh é, a Andy, b'fhéid—"

"Naw, bíodh an *friggin'* diabhal aici. Bíodh. Ní spéis liomsa a thuilleadh é an iarracht seo. Sin sin. *Finito*, thart, dúnta."

Ciúnas. A dícheall déanta ag Ciara le níl a fhios aici cé mhéid nóiméad anuas ar réasúntacht éigin a chur i gcion ar an gcomhrá, ach gan de thoradh ar an iarracht sin ach an teip ghlan. An dara cárta

deich n-aonad curtha i sliotán an teileafóin aici
tamall ó shin agus fuinneoigín an ghléis ag fógairt
di anois nach bhfuil fágtha air ach an dá aonad féin.

"Cén chaoi ar éirigh le cuairt Mhick oraibh ar
aon chaoi?"

Gan aon choinne ag Ciara leis an gceist seo lena
raibh de rabharta feirge á chur de ó ghlaoigh sí. Í
sásta, d'ainneoin sin agus uile, go gcuimhníonn sé
ar an gcuairt a bheith ann ar chor ar bith.

"Gan é ach cuíosach, de dhéanta na fírinne."

"Cuíosach!"

"Sea, é sin ar a mhéid, déarfainn."

"Bhuel, 'brón orm é sin a chloisteáil." Tuin
níos tuiceanaí air agus é á rá.

"Abair é, a bhuachaill," arsa Ciara, agus cuma
thraochta a gutha ag fógairt clabhsúir ar an ábhar
cainte sin. Athrú beag ar fhuinneoigín bhosca an
teileafóin a tharraingíonn a haird air sin. "Seo seo,
a Andy, níl ach aonad amháin fágtha agam. Céard
faoi chastáil ar a chéile?"

"Anocht, an ea?"

"Ní féidir liom é anocht, a stór. Céard faoi
amárach? Caithfidh mé dul isteach chuig Clive am
éigin sa tráthnóna chun an P45 a bhailiú le
haghaidh lucht cánach."

"Maith go leor. Abair áit agus am."

"Céard faoi lasmuigh de Thigh Eason ar a ceathair, nó an mbeidh tú fós sa choláiste ag an am sin.?"

"Ní bheidh. Beidh mé réidh amárach ar a trí. Ceathair a chlog, Tigh Eason más ea." An chaint go deifreach ag Andy chun troid in aghaidh na mblípeanna atá tosaithe cheana féin.

"Grá mór dhuit agus—" Agus b'in deireadh ráite ag Ciara, í díbrithe glan ag ró-éifeacht na teicneolaíochta.

* * * *

Seomra an árasáin á chúrsáil go mífhoighneach ag Andy. Gan a fhios aige ag an bpointe seo an sásta nó ar buile leis féin atá sé faoi gur chaill sé an bloc sa chomhrá le hEstelle. É cinnte de féin ag an am ach, de réir mar a d'imigh an t-am ó shin, agus go háirithe i ndiaidh an phlé ar an teileafón le Ciara níos luaithe sa tráthnóna, is mó a cheapann sé anois go raibh sé rud beag ró-cheanndána. Ritheann sé leis go mb'fhéidir gur cóir dó teagmháil a dhéanamh leis an áisíneacht chun míniú dóibh mar a tharla idir é agus Estelle. Seans go bhfuil sin féin déanta aicise, síleann sé. Ansin, smaoineamh eile chuige go mb'fhéidir go nglaofaidh Estelle air. An uile fhéidearthacht ina manglam ina intinn.

"Frig," ar sé, agus breathnaíonn ar an ionad staidéir le hais na fuinneoige. A chuid leabhair socheolaíochta spréite ar dhromchla an bhoird. A fhios aige, agus na scrúduithe roimhe i gceann seachtaine, gur cóir dó filleadh ar an staidéar, ach níl an fonn is lú ar domhan air é sin a dhéanamh. *Masters of Sociological Thought* le Lewis S. Coser ar leathadh i lár an bhoird. Teoiricí Auguste Comte - 'Daidí na Socheolaíochta', mar a thugann an tOllamh James air - á léamh aige sular tháinig an spadhar siúlóide air, tá breis agus uair a' chloig ó shin. Agus ansin ghlaoigh Ciara 's ina dhiaidh sin arís a thuilleadh siúlóide.

Suíonn sé chun boird agus tosaíonn isteach ar Comte athuair, ach ní túisce sin nó filleann a intinn ar Estelle. An racht a bhí air ar ball beag maolaithe anois agus cumha air ina áit-sin. Ba dhearmad é imeacht as an Skylon mar a rinne, a shíleann sé anois. Ní leigheas ar rud ar bith é sin. Ní dhéanann sé ach rudaí a chur trína chéile ar fad agus, i ndeireadh an lae, bíonn ar dhuine teacht ar ais agus díriú ar an gceist ar aon chaoi.

"Frig," ar sé leis féin den dara huair. "Cac muice air." Agus cromann sé a cheann anuas ar a dhá dhorn.

Tamall de nóiméid imithe nuair a ardaíonn Andy a chloigeann athuair. Caitheann sé súil leis an gclog ar an matal thall. É gar don fhiche tar éis a deich. Leaba seachas staidéar mar chathú ina intinn anois aige. Nóiméad nó dhó dó á throid sin mar smaoineamh 's ansin géilleann sé. Éireoidh sé go luath ar maidin agus déanfaidh sé slam aisteach. Breathnaíonn sé soicind ar phortráid Auguste Comte atá mar thús-leathanach ar an gcaibidil sin ag Coser agus dúnann an leabhar. Máistrí uile na socheolaíochta á ndíbirt go caracair dhubh dhaortha aige - ar feadh na hoíche, ar aon chaoi.

* * * *

"A Phreibín! A Phreibín, a bhuachaill. Cá bhfuil tú orm, a Phreibín-ó?" Idir dhochar agus mhioscais ina ghlór ag Gerardus. É ag taistil tré'n seomra feistis agus an maide úd a bhíodh de shíor aige ag na seisiúin traenála á radadh aige in aghaidh an uile dhoras agus an uile bhall troscáin. Droim Andy bán-bhrúite in aghaidh bhalla sheomra na gcithfholcadh. An croí ag borradh ina chliabhrach istigh; faitíos ar an diabhal bocht go mb'fhéidir go bpléascfaidh sé. É imníoch ón uair a d'fhógair Gerardus, agus an seisiún traenála ag druidim chun deiridh níos luaithe sa tráthnóna, gur theastaigh uaidh go bhfanfadh Andy siar chun cuidiú leis le 'gnó beag éigin'. A fhios ag Andy ar an bpointe cén 'gnó beag éigin' é féin. A fhios ag na buachaillí eile freisin é. Is beag duine díobh nach raibh air an gnó beag céanna a dhéanamh do Gerardus am éigin ó tháinig siad chun na hinstitiúide.

"A Phreibín, a chroí! Cá bhfuil tú orm ar chor ar bith, 'chor ar bith?"

Agus, leis sin, cloiseann Andy eochair an dorais á casadh sa ghlas ag Gerardus agus tosaítear ar an bpuitseáil leis an maide athuair. Intinn agus croí Andy faoi ghreim ag an scéin roimh a bhfuil le teacht. Osna bheag á scaoileadh aige dá ainneoin féin.

"Á, a Phreibín bhig mo chroí! Istigh ansin atá tú, an ea, a mhuirnín-ó?"

Feiceann Andy róba dubh Gerardus agus crios an tSlánaitheora ar crochadh air ag casadh isteach i seomra na gcithfholcadh. Cuireann an páiste a lámha ar na baill ghiniúna agus cúbann isteach in áit ina dteagmhann balla amháin den bhalla eile.

"A Phreibín, a ghrá, cá raibh tú uaim ar chor ar bith ar feadh an ama?"

Agus, leis sin, feiceann Andy duibhe an róba á spré go bagrach agus á scamall-dhúnadh isteach air. Boladh cumhra á eisiúint uaidh. Éadan Estelle le feiceáil ar líneáil an róba ar an taobh amháin agus aghaidh Auguste Comte ar líneáil an taoibh eile. Clástrafóibe agus tachtadh scórnaigh á gcur ar Andy lámh a chur lena mhuineál agus tarraingt ar an slabhra miotalach atá fáiscthe air. Fáscadh, fáscadh. Trilseáin an tslabhra ag ithe isteach i bhfeoil an mhuiníl air. Ithe, fáscadh, abhrú. Baicle focal ina macalla ar an aer chuige: *finito*, thart, dúnta. Éadan Gerardus ina chóngar. Agus dúnadh agus duibhe. Agus dúnadh, dúnadh, dúnadh —

"Bastarrrrd," a scréachann Andy, agus buaileann a chloigeann in aghaidh bhalla an dorchadais nuair a phreabann sé aníos den philiúr. "Bastard," ar sé den dara huair, é i bhfad níos ciúine an babhta seo. An diabhal bocht faonlag tráite ag cruatan na brionglóide. An t-allas ag sileadh de agus é ag titim ina mbraonacha anuas ar bháine na braillíne. Leathlámh aige lena bhléin agus tuiscint chuige láithreach cén fáth sin.

Síleann Andy solas a lasadh, rud a dhéanann sé i gcónaí ar na hócáidí seo, ach ansin beartaíonn ar gan sin a dhéanamh. Luíonn sé siar athuair agus cuireann a dhá lámh faoi bhun a chinn idir é agus an piliúr. An uile ní i gcónaí riamh ag filleadh ar ar tharla dó sa dílleachtlann. Gan a fhios aige an bhfuil réiteach nó deireadh riamh i ndán dó. Guíonn sé misneach air féin agus casann isteach i dtreo an bhalla le go bhfaighe sé a bhfuil fágtha de chodladh na hoíche.

Caibidil a Ceathair Déag

4.32 pm. Níl a fhios ag Andy cé mhéid uair ar bhreathnaigh sé ar a uaireadóir le fiche nóiméad anuas. É ina sheasamh isteach ar chéimeanna shiopa Eason le nach bhfliuchfaí an iomarca é ag an mbrádán atá ag titim le ceathrú uair anuas. Cén mhoill atá ar Chiara ar chor ar bith, síleann sé. Is iondúil go mbionn sí an-phointeáilte. Rí-phointeáilte, go deimhin. Súil aige nach bhfuil droch-chasadh éigin i scéal Shorcha agus Mhick. Andy á chiceáil féin fós faoi gan a bheith chomh tuisceanach agus ba chóir agus é ar an bhfón léi aréir. Díríonn sé ar an uaireadóir athuair: 4.36. Tabharfaidh sé go dtí an fiche chun di agus ansin déanfaidh sé ó thuaidh i dtreo Shráid Dorset. A fhios aige gur as sin a bheidh sí ag teacht mura bhfuil athrú ar an bplean a luaigh sí leis.

Droch-chasadh ar an scéal ceart go leor, ach ní hé an casadh a shamhlaíonn Andy a bheith air. Cén chaoi a mbeadh a fhios aige gur baineadh siar as Ciara nach raibh súil dá laghad aici leis nuair a chuaigh sí go Café Chlive; gur chuir a bhfaca sí agus a chuala sí uirthi rith léi le teann déistine. Í gan treoir gan chiall sa rith. Í ag déanamh ar an t-aon chrann taca a airíonn sí a bheith buan ina saol anois - í ag déanamh ar Thigh Eason agus Andy.

Bonnán otharchairr cúpla céad slat thuas ar Shráid Uí Chonaill a ghriogann intinn Andy an babhta seo agus a chuireann air breathnú ar an uaireadóir fós eile. 4.43. A dhiabhail! É thar an am a bheartaigh sé ar ball beag a bheith mar sprioc chun déanamh ar Shráid Dorset. Sracfhéachaint ar dheis uaidh ar an tseans go mbeadh Ciara ag teacht an treo sin agus tréigeann sé céimeanna an tsiopa agus buaileann amach faoin mbrádán.

Gluaiseacht ghusmhar faoi Andy agus é ag siúl leis. An slua lasmuigh den Royal Dublin, áit a bhfuil an t-otharcharr ina sheasamh, seachanta go hoilte aige. Níl lá nach bhfeiceann sé a leithéid agus, ag an bpointe seo, tá sé chomh maith leis an gcuid is fearr de lucht na cathrach maidir le healaín na seachantachta. Cearnóg Pharnell nach mór curtha de agus fógra gairéadach neoin Chafé Chlive le feiceáil aige. Gan rian de Chiara feicthe ar an mbealach aige. Í istigh le Clive i gcónaí, is dóigh le Andy. Níl an leathchois féin curtha thar táirseach aige ann ón uair a d'fhág sé é na míonna siar. Gan aon ró-fhonn air an slíomadóir d'úinéir a fheiceáil arís ach gan aon fhaitíos air roimhe ach an oiread.

Casann Andy isteach i bpóirse an fhoirgnimh agus brúnn an doras roimhe. Ar bhualadh isteach dó, casann an t-aon bheirt atá ina suí san áit chun breathnú air. Andy sínte le hiontas nuair a fheiceann sé roimhe iad agus siar an domhain mhóir bainte as, díreach mar a baineadh as Ciara é trí cheathrú d'uair roimhe sin arís. Tuiscint chuig Andy ar an bpointe, an tuiscint cheannan chéanna a bhuail Ciara ar ball beag. Casann sé bonn láithreach ar a shála agus déanann de rith lom glan as an áit.

Girle guairle na cathrach á mheascadh féin go fraochanta leis an tranglam intinne atá ar Andy. Idir charranna agus choirp á scoitheadh aige 's gan iontu ach magh ghluaisteach néalmhar. Ní heol dó cá bhfuil a thriall ach gur áit ar bith é seachas an áit ghránna atá díreach tréigthe aige. Teaspach na cathrach ag giorrú an anála air agus tagann sé chun stad taobh le ráille iarainn a bhfuil gairdín beag féarach taobh istigh de. Gar dá árasán féin atá sé. An t-allas á shileadh de agus an léine denim greamaithe dá chraiceann. É i bhfoisceacht aon chéad slat den árasán, go deimhin. Seasann sé tamaillín agus leathlámh leis ar bharr adharcach cheann de chuaillí an ráille, ansin bogann leis ar aghaidh go mall tomhaiste i dtreo a áitribh féin.

An caifé ag suaimhniú intinn Andy beagán beag anois. É ina shuí ag an mbord agus é beag beann ar Mháistrí na Socheolaíochta an babhta seo. É beag beann ar an uile ní ach é sin amháin atá tarlaithe dó. Á bhrú féin chun aithne atá sé. Ciara, go fiú, imithe glan as a chuimhne ón nóiméad sin ar shiúil sé isteach i gCafé Chlive. Estelle! Ise istigh i ndrúthlann bhrocach Chlive, a shíleann sé dó féin. Agus í i ndomhain-chomhrá leis an tslíomadóir! Preabarnach a chroí á moilliú anois agus é díreach tosaithe ar scagadh éigin a dhéanamh ar an scéal nuair a bhaintear geit as fós eile. Buille an teileafóin a chuireann ar an gcuisle mearú ann arís. Floscadh fola chun a chinn, chun a chroí, chun boinn na gcos air, go fiú, ansin éiríonn sé agus déanann ar an halla. An gléas ina láimh cheana féin ag an gcailín as an árasán thuas - ise a mbíonn drogall na maidine uirthi agus nach mbeannódh don chat féin.

"Duitse," ar sí. Sainrian na leimhe le feiceáil ar a h-éadain aici. Síneann sí an teileafón chuig Andy agus bailíonn léi go sraoilleach an staighre suas. Gan oiread agus an gnáth-fhocal cúirtéise ag Andy léi an uair seo.

"Heileó," ar sé. Amhras a ghutha á thréigean féin don té atá ag ceann eile na líne. "Sea, is mise

Andy Jennings." Agus ansin ciúnas a fhad agus a éisteann Andy lena bhfuil le rá ag an bpáirtí eile. Súile Andy á leathnú i logaill a chinn de réir mar a éisteann sé.

"Cá h-áit, a dhochtúr?" a fhiafraíonn Andy agus tugtar freagra dó.

"Cén t-am?" ar sé, agus freagraítear sin dó chomh maith. "Beidh mé ann i gceann deich nóiméad."

Leagann Andy an glacadóir sa chliabhán agus ardaíonn láithreach bonn arís é. An lipéad le haghaidh Blue Cabs atá greamaithe d'aghaidh an ghléis á léamh aige. Rae an Iarthair, 676 1111. An uimhir á bualadh amach ar an gclár uimhreach aige de réir mar a léann sé den lipéad é. An glaoch déanta agus an tacsaí ar an mbealach cheana féin sula nglacann Andy deis chun a dúradh leis sa chéad ghlaoch a mheas. A Mhuire Mháthair! Sráid Uí Chonaill, thart ar 4.15, a dúirt an dochtúir leis.

"A Chríost!" ar sé. "Ciara a bhí ann!"

Bonnán an tacsaí á shéideadh lasmuigh a chuireann air a thuilleadh smaoinimh a chur ar leataobh go fóill.

* * * *

Ospidéal an Mater. Andy ag fanacht ar an mbanaltra filleadh le Mick. É mífhoighneach leis an mbanaltra ar dtús agus í á cheistiú faoin gceangal atá aige leis an gclann, ach a luaithe agus a luaigh sé gurb é buachaill Chiara é dúirt sí go rachadh sí fá choinne Mhick. Oscailt dorais leathbealach síos an pasáiste agus seo ar ais í agus fear téagartha ina cuideachta. É stumpach buíchraicneach agus croiméal tiubh dorcha air, díreach mar a bhí curtha síos air ag Ciara. Lámh á síneadh aige le hAndy agus an dosaen slat eatarthu go fóill.

"Andy, a bhuachaill," ar sé, é á chroitheadh leis an deasóg agus ag cur a láimh chlé le h-uilleann an óigfhir ag an am céanna leis.

"Mick."

"Í gan aithne gan urlabhra fós ach, buíochas mór le Dia, tá sé deimhnithe ag na dochtúirí go mbeidh sí ceart go leor. Ceist ama nó go dtagann sí chuici féin arís. An chiotóg briste uirthi agus liúr nó dhó ar an gcloigeann ach léiríonn an x-gathú grinndearcach nach bhfuil aon dochar déanta don inchinn."

"Buíochas le Dia," arsa Andy. "Buíochas mór le Dia," agus scaoileann sé osna uaidh.

"Gabh i leith síos chun an tseomra. Tá a Mam in éindí léi," arsa Mick agus cuireann sé leathlámh le droim Andy agus siúlann leis an pasáiste síos.

Boladh gairgeach ar an aer agus iad ag siúl leo. Boladh ar meascán de shainbholaithe ospidéil é a bhfuil an díghalrán agus an t-éatar ina measc. Boladh é atá lóistithe áit éigin i gcúl na hinchinne ag Andy, amhail is go raibh dlúth-theagmháil aige leis am éigin siar na blianta. Sceitimíní de chineál ag teacht air agus é ar tí castáil ar Shorcha ar an dóigh seo, ach is beag sin i gcomparáid leis an bhfaoiseamh a thug a raibh le hinsint ag Mick dó.

Iad ag druidim le doras an tseomra ina bhfuil Ciara agus gairge an aeir ag maolú. Gan an ghoimh chéanna ag baint leis an mboladh ar chor ar bith faoi seo. É i bhfad Éireann níos cumhra ná mar a bhí ag ceann eile an phasáiste. É taitneamhach, go fiú, síleann Andy, agus an taitneamh sin ag méadú in aghaidh an tsoicind. Seasann Andy ag doras an tseomra agus breathnaíonn isteach tré'n bhfuinneoigín dronuilleogach roimh shiúl isteach dó. A Chiara-sa le feiceáil sínte ar an leaba agus an uile shreangán dár cheap Dia nó duine riamh ceangailte léi idir ghéaga agus cholainn. Bindealán mór maíteach fáiscthe ar a cloigeann ach a fhios ag Andy cheana féin ón méid a d'inis Mick dó nach ábhar ar bith imní é sin dó. Na deora ag ardú i súile Andy nuair a thugann sé aird ar Shorcha, í cromtha trasna ar Chiara agus a h-éadain á chuimilt go séimh aici.

"Isteach leat, maith an fear," arsa Mick, agus tugann sé mion-bhroideadh don ógfhear. Síneann Andy leathlámh amach roimhe agus brúnn doras an tseomra isteach. Boladh cumhra go láidir ar an aer chuige agus gan rian ar bith den ngairge anois air. Ciara ina domhain-chodladh i gcónaí ach casann a máthar ar an bpointe agus seasann. Súile na mná ag seachaint an fhir óig atá chuici agus cuma na díchreidiúlachta ar Andy nuair a bhuaileann fírinne an scéil é. A bhéal ar leathadh agus é ag breathnú go babhtálach ar an triúr ar feadh roinnt soicindí. Ansin dearcann sé an bhean arís agus eisíonn an t-aon fhocal amháin.

"Estelle..."

Rugadh Ré Ó Laighléis sa Naigín, Co. Átha Cliath i 1953. Ghlac sé céim sa tSocheolaíocht agus sa Ghaeilge in Ollscoil na Gaillimhe (1978) agus ghnóthaigh sé iarchéimeanna san Oideachas i gColáiste Phádraig (G. D. Ed. 1980) agus i mBoston College (M. Ed. 1983). Tá sé cáilithe freisin mar Shaineolaí Comhairleach sa Léitheoireacht ag an Massachusetts State Board of Education (1983). Chaith sé dhá bhliain déag mar mhúinteoir i Scoil Iognáid, Gaillimh. I 1999 ceapadh é ina Scríbhneoir Cónaitheach le Comhairle Chontae Mhaigh Eo.

Ó 1992 i leith tá an Laighléiseach ina scríbhneoir lánaimseartha. Tá aithne fhorleathan air mar dhrámadóir, idir scríobh agus léiriú. Bronnadh Craobh na hÉireann den Chumann Scoildrámaíochta ar 6 dhráma dá chuid idir na blianta 1985 agus 1991. Tá Duais Chuimhneacháin Aoidh Uí Ruairc san Oireachtas gnóthaithe ag drámaí leis trí huaire. Agus i 1996 foilsíodh a shainleabhar drámaíochta d'oidí agus do pháistí, Aistear Intinne (Coiscéim).

Is mar scríbhneoir úrscéalta agus gearrscéalta, áfach, idir Ghaeilge agus Bhéarla, is mó atá aithne ar Ré Ó Laighléis. Tá aitheantas tugtha ag an gComhairle Ealaíon do thábhacht a scríbhínní trí Spárantachtaí sa Litríocht a bhronnadh air i 1991, 1995/'96 agus arís i 1999/2000. Scríobhann sé don déagóir agus don duine fásta araon agus tá saothair leis aistrithe go raidhse eile teangacha. Ar na saothair do dhéagóirí dá chuid is mó a bhfuil éileamh orthu tá Punk agus Scéalta Eile (Cló Mhaigh Eo), buaiteoir Dhuais na Comhdhála 1987, An Taistealaí (Cló Mhaigh Eo), Ecstasy agus Scéalta Eile (Cló Mhaigh Eo), a bhuaigh an Bisto Book of the Year Merit Award 1995, agus Gafa (Comhar), a bhain gearrliosta an Bisto Book of the Year Award 1997 amach agus ar ar bronnadh an duais don Leabhar is Fearr do Dhéagóirí in Oireachtas 1996. Ainmníodh dhá shaothar eile leis don Irish Times Literary Award, mar atá Ciorcal Meiteamorfach i 1992 agus Sceoin sa Bhoireann i 1997. Ghnóthaigh Sceoin sa Bhoireann Duais Chuimhneacháin Sheáin Uí Éigeartaigh in Oireachtas 1993.

Bhain an Laighléiseach Duais Idirnáisiúnta NAMLLA sa bhliain 1995 agus an White Ravens International Literary Award 1997. Ainmníodh Ecstasy and Other Stories mar ionadaí na hÉireann ag Féile Leabhar Bhologna 1997 agus sa bhliain chéanna d'fhoilsigh Mondadori leagan Iodáilise den saothar. Is i 1997 leis a foilsíodh a shaothar Cluain Soineantachta (Comhar) agus Coiscéim a d'fhoilsigh an t-úrscéal Stríocaí ar Thóin Séabra i 1998.

Tá dhá úrscéal Béarla leis foilsithe ag Móinín, mar atá Terror on the Burren (1998) agus Hooked (1999), arb é an bunleagan Béarla é den duais-saothar Gafa, agus, sa bhliain 2000, foilseoidh Móinín cnuasach gearrscéalta leis dar teideal Of Ageing Innocence.

Tá Ré Ó Laighléis ar fáil i rith na scoilbhliana chun cuairt a thabhairt ar scoileanna trí Scéim na Scríbhneoirí sna Scoileanna. Fón: 01 679 9860, Faics: 01 671 4634.